想子は1/2死んでいる

田中宏昌
TANAKA Hiromasa

文芸社

目次

第一部

◆

TAROT

プロローグ

　またやってしまった。これで何度目だろう。どんなに急いでも車で店まで二十分はかかる。目覚まし時計は鳴ったはずだ、いや確かに自らが止めた形跡がある。今日は、九時からのシフトだった気がする。自分の目が正しければ、時計の針は、九時十分を告げている。

　電話が鳴った。店長からだ。また怒られる。

　社会人になって三ヶ月が過ぎた。弘光深里《ひろみつみり》にとって、それは親元を離れて一人暮らしを始めて経過した期間を意味する。

　こんなはずではなかった。憧れていた一人暮らしが、こんなにも大変だとは。実家にいれば、食事は勝手に出てくるし、洗濯物はアイロンがかかって返ってくるし、朝だって希望の時間にモーニングコールを頼める。大学生のときに、地方から出てきていた友人がよく言っていた。親の有難みは、いなくなって初めてわかる、と。

　例年より短かった梅雨が明け、本格的な暑さを迎えようとしている。

　一DKのマンションを後にして真っ赤なファンカーゴに乗り込む。社会人になったとき仕事に車が必要不可欠ということで、無理して買った車である。中古車だがそれほど問題のある箇所もなくとてもよく走ってくれる。

深里は就職活動というものをほとんどしなかった。この仕事に就いたのは学生時代のアルバイトの延長ともいえるだろう。それでいてこの就職氷河期に外食産業第一位の企業に就職できたのだから両親はとても喜んだものだ。

いわゆる「ファーストフード業界」に分類される「マッコイズ」はここ何年か、業界一位の座を守り続け、更には独走体制に入ろうとしている。業績、店舗展開ともにとどまるところを知らない大企業である。

深里はアルバイト時代からマネージャー職を任されていた。アルバイトがマネージャーをするという大胆な経営方針こそが、現代企業がもっとも重要視している人件費の削減につながっていることは言うまでもない。

更に、そのアルバイトのマネージャーからの社員登用制度が設けられているので、新入社員がいきなり先輩たちと変わらぬ仕事ができるのである。

深里は決してこの制度に甘えて就職を決めたわけではない。六年前のあの日の彼女との約束を守っただけである。約束を守るというだけであったらほかの仕事でも良かったかも知れない。それでも深里はこの仕事がしたかった。忘れようと思っても忘れることはできないだろう。だったらずっとその現場に居続ける道を選ぶしかないだろう。

相模原のはずれののどかな住宅地、そこに深里の勤務する店舗はあった。スーパーマーケットに隣接する「マッコイズ相模緑地公園店」は平日こそそれほど忙しくはなかったが、土日ともなるとスーパーに買い物に来るファミリー客でごった返す。学生時代は町田の店舗で働いていた深里は就職してこの店舗に配属された。

店舗の目の前に位置する大きな公園では、小さな子供たちがそろってサッカーボールを蹴っている。先のワールドカップ自国開催での日本の大健闘は記憶に新しい。サッカー日本代表は二〇〇〇年にアジアカップに優勝しアジア王者になった。翌年の二〇〇一年にはワールドカップのプレ大会であるコンフェデレーションズカップで準優勝の快挙を収めた。そしてこれらの感動が空前のサッカーブームを生んだのは間違いないだろう。一方、日本の伝統文化ともいえる野球は少々下火気味である。一昔前はメジャーリーグ進出といえば投手と相場が決まっていたが今や打者もフリーエージェント資格を獲得するとそろってメジャーに挑戦しようとする。元オリックスの天才打者も浪速の王子様も今やメジャーのスター選手である。

公園のすぐ隣の社員駐車場にファンカーゴを止める。店舗までの二十メートルを深里は猛ダッシュで駆け抜けた。風がとても心地良いがそれを感じている暇はなかった。

従業員専用の出入口を入るといきなり店長の片野《かたの》と鉢合わせた。

「すみません。すぐ入ります」

「いいから、店に入る前に化粧ぐらいしろ」

大して怒っている様子も見せずに片野は言った。

意外な反応である。いつもなら大きな雷が落ちるはずだが。

「弘光、おまえにお客さんが来てるぞ。ちゃんと化粧してから会いに行けよ。そんな汗だくで、髪の毛ボサボサの娘の姿なんか見たくないだろうからな」

そう言うと片野は客席の方を指さして何ともいえない笑みを浮かべた。

「お母さん」化粧も髪も気にせず深里は一直線に母親の下に駆け寄った。

「ちょっと、お店には来ないでって言ってあるでしょ。連絡もしないでいきなり何よ」

深里は顔を真っ赤にして怒っていたが、母親の弘光美幸《みゆき》は全く動じる様子がなかった。

「昨日、家の整理をしたのよ。そしたら深里のポーチが出てきてね、それを届けに来たのよ。そのついでに深里の働きぶりをちょっと見てみようかと思っただけ。それがまさか遅刻とはね、店長さんには私からもよく謝っておいたから」

「いい加減にしてよ。もう子供じゃないんだから」

「子供じゃなかったらお母さんが起こさなくても、自分一人でちゃんと起きられるはずよね」

それを言われてしまうと深里は返す言葉がなかった。

「さあ、仕事でしょ、ちょうどよかったわ、この化粧ポーチの中味、まだ使えるものばかりだからファンデーションくらいつけて少しは女らしくしなさい」

深里は化粧やお洒落というものをあまり気にする方ではなかった。しかしサービス業である以上は、化粧や身だしなみはお客様に対するマナーでもある。渋々ポーチを受け取って深里は化粧室へ向かった。

懐かしいものばかりだ。今どきこんな色つけられないというアイシャドウや、明らかにセンスの悪い口紅も入っている。深里が高校生のとき使っていたものばかりだが、こうして時代を隔てるとなんだか恥ずかしいものである。そんな化粧品に紛れて水色、ピンク、黄色で彩られた華やかな直径五センチくらいの物体があった。

花？　それは確かに花であった。しかし本物の花ではない、作り物の花の髪飾りである。深里が高校生の頃にほんの一時期流行ったものだ。渋谷を歩く女子高生が『コギャル』と呼ばれていた頃、そのコギャルたちがそろってつけていたものだ。

深里にとってそれは懐かしいで済まされるものではなかった。哀しみ、憎しみ、驚き、落胆、生の尊さ、様々な想いが深里の胸を貫いた。

自分が震えているのがわかった。後から化粧室に入ってきた客が困惑の表情を浮かべている。その客のことなど深里の目には全く映っていなかった。

深里は泣いていた。

一

「深里、期末どうだった？」

「まあまあかな。そういう恵はどうなのよ？」

「明日から追試でーす。全く夏休みだっていうのに何で学校行かなきゃなんないのよ。やってらんないよ」

近所の都立高校に通う関口恵《せきぐちめぐみ》は、追試なんて当たり前、もう慣れたものよとでも言いたげである。一方、私立の有名女子校に通う弘光深里は「まあまあ」とは答えたものの実のところは、学年で五本の指に入る成績を入学してからずっと取り続けている。それでいてお高くとまったところがないせいか、周りからとても慕われていた。

「深里はいいよねえ、附属校だから受験ないし、頭いいから何の心配もないじゃん。私なんか、そろそろ予備校行こうかとか考えてるんだよ」

高二の夏、そろそろ本格的に受験を意識する時期である。かといって恵のようにとりあえず予備校に行けば何とかなると思っているようでは、いずれ痛い目を見るのは間違いない。しかしながら、このように考える人の方が高校生らしいといえるのかもしれない。

夏というのは暑いものだが、今年の夏は特別に暑い気がする。夏休みというものは学生だけの特権である。駅からアルバイト先の店舗に向かう途中、深里と恵は額の汗をハンカチで拭うスーツ姿のサラリーマンとすれ違った。深里たちの軽装を恨めしそうに見やりながら携帯電話を片手に忙しそうに駅へと向かっている。最近携帯電話やPHSが随分と普及した。が、しかし、まだポケットベルもちらほらと見かける。ポケットベルから携帯電話への移行期といってよいだろう。

四月に消費税が三パーセントから五パーセントに上がり、消費者の買い渋りが景気回復の妨げになっていると取り沙汰されている。しかしそんな経済のことなどには全く関心なさそうに恵が言った。

「ところで深里さあ、綿貫さんとはどうなってるのよ?」

「どうもなってないわよ。何言ってるのよ」

少し怒った口調で深里は答えた。綿貫浩太《わたぬきこうた》は同じアルバイト先の大学二年生で、深里にとってはよき先輩であると同時に、よき相談相手でもあった。下は高校一年生、上は大学四年生、もしくはフリーターが在籍するこの空間は、先輩後輩の関係があり、友人関係があり、そして年齢を問わず男女の恋愛関係が存在する。言ってみれば年齢層の広い学校のようなものである。ちょっと誰かと仲良くしようものなら、次の日にはその人と付き合っているという噂がスタッフ全員に広まってしまう。そういう世界である。

「あっ、噂をすれば、ほら」

恵が十字路の横道を指さした。信号が青になるのを待ちながら、笑顔で手を振る浩太の姿が見える。

深里は浩太のことが決して嫌いなわけではない。ただ恋愛というものに奥手であるが故に、このように周りから茶化されるのが嫌だった。

「ちょっと聞いてくれよ。もう俺死にたいくらい悲しいよ。助けてくれよ」

浩太は二人に近づいてくるなり物騒なことを言っている。

「何よ？　いきなり」

恵が訪ねると、浩太は悲しそうに答えた。

「たまごっちが死んじまったんだよ」

ほんの一秒前までの、殺人的な暑さが嘘のように冷たい空気が三人を包んだ。

全くこの人はいつまでたっても子供なんだから。それでいて困ったときに相談すると大人の意見を聞かせてくれる。不思議な人だ。

深里は浩太のこういうところが結構好きだったが、恵は対照的だった。

「はい、はい、遅刻しちゃうから急ごう、深里」

浩太を置いていく勢いで恵は足早に進み出した。

「マッコイズ町田青葉店」はその名の通り、東京都の町田市と横浜の青葉区の県境に位置する。正確には住所は町田になり、東町田駅から徒歩十分の駅前店の部類に入る。

三人はスタッフルームに入るために、まず店舗にその鍵を取りに行った。自動ドアが開くとそこは別世界だった。冷たいそよ風が体を包み込む。どこかの避暑地にでも迷い込んだかのような錯覚すら覚える。店舗の室温は夏は二十から二十四度、冬は十八から二十二度に設定されている。人間は外界と温度が五度変わると涼しい、暖かいといった心地良さを感じるからである。

鍵を受け取り店を出ようとする三人を見つけ、アシスタントマネージャーの東吉次《ひがしよしつぐ》が駆け寄ってきた。

「おい、弘光、おまえにお客さんだよ。おまえ何かしたのか?」

それだけ言うと、東は再び厨房の中へ消えていった。

あーあ、今日もワイシャツがしわくちゃだよ、早くお嫁さんもらえばいいのに。

東にとってみれば余計なお世話かもしれない。しかし今年二十七歳になる東は奥さんどころか彼女もいなかった。深里でなくとも心配くらいするだろう。

「ちょっと、深里、あそこの電話の横の人かっこよくない?　私のタイプ」

少しでも時間があればすぐ色恋沙汰の話になるんだから。

深里は恵のことをそう思ったが、むしろ恵の方が普通の女子高生なのかもしれない、とも思った。

「そんなにじろじろ見たら変な人だと思われるよ」

恥ずかしいからやめてとばかりに深里がそう言うと、その男はこちらを見て微笑みかけた。Vゾーンが狭いモード調の黒のスーツを着こなし、ブルーのシャツに黄色のネクタイ、どう見てもファッション関係の仕事か、もしくは業界人であろう。年は二十代後半といったところだろうか。

深里は不思議な気分だった。どう考えてもその男とは初対面である。それなのになぜかとても懐かしい気がする。

何なんだろう、この気持ちは。何だか胸が痛い。

「あなたが弘光深里さん？」

男は深里の前に歩み寄るとそう言った。

「はい、そうですが」

「アルバイト先にまでおしかけてしまって申し訳ない。自宅に行ったらここにいるって聞いたもんで」

えっ、じゃあこの人が私に会いに来たお客さん？

「ここでは何だからちょっと外で話せるかな？」

「でも私、これから仕事なんで」

「大丈夫、ほんの数分だから。それにマネージャーさんの許可も取ってあるから」

マネージャーの許可って、この人何者だろう？

深里は男と一緒に再び灼熱の別世界へ出ていった。

男は木陰で立ち止まると胸の内ポケットから黒い手帳のようなものを取り出した。それはテレビドラマで何度も見たことがあるものだが、本物を見るのは深里にとって初めての経験だった。

「町田東署の伊藤《いとう》です」

ドラマの刑事と本物とはこんなにも違うものなのか？　服はしわくちゃ、髪は大して手入れもせずにほったらかし、そして哀愁にも似た人生の疲れを感じさせる。それが深里の刑事に対するイメージだった。

伊藤は事務的な口調で言った。

「突然で恐縮ですが、昨日の夜あなたはどこで何をしていましたか？」

これもまたドラマでよく見る光景だ。しかしそんな悠長なことを考えている場合ではない。

「それってアリバイってやつですか？　ちょっと待ってください。何が何だかわかりません」

そんな深里の言葉になんの反応も見せずに伊藤は続けた。

「単刀直入に言います。あなたはある殺人事件の重要参考人になっています」

二

いつもに比べると幾分涼しい夜だった。

小学校五年生のときに母を交通事故で亡くして以来、この広い家に一人でいることは当たり前になっていた。父は商社の海外事業部に勤務しているため、日本より海外にいることの方が多いくらいだ。佐藤晃子《さとうあきこ》は最初は寂しかったが、高校生にもなると、何をしても怒られることのないこの自由な生活を楽しんでいた。

どいつもこいつも男なんて馬鹿ばっかりだ。あーむしゃくしゃする。

晃子はほんのつい先ほど彼氏と喧嘩別れをしてきた。

夜十時を少し回っていた。見てもいないテレビがつけっぱなしになっている。見慣れたニュースキャスターが神戸の小学生殺害事件の続報を報じている。

一人でいたくなかった。誰でもいいから友人をつかまえて長電話でもしたい。とにかくこのむしゃくしゃする気持ちを全部ぶちまけたい。晃子は手当たり次第友人の携帯電話を鳴らしてみたが、こんな日に限って誰もつかまらない。

寂しくて仕方なかった。

そうだ、最近会ってない友達に電話してみよう。誰にしようか？

晃子はもう今は使っていない手帳とアルバムをベッドの下から引きずり出した。埃だらけのアルバムの上には、貼りきれなかった写真が現像から返ってきたままの袋に入った状態で置かれている。

懐かしいなあ、マッコイズのみんな元気かなあ。

ちょうど一年前の写真だった。高校に入学して少し経った頃、晃子はマッコイズでアルバイトを始めた。高校生からアルバイトができると世間一般では認められているが、実際そんなに職種はないものである。ファーストフードかコンビニエンスストアと相場が決まっている。

晃子はアルバイト先で同年齢の友達が何人もできた。その友人たちとともに過ごした時間を思い出していた。

楽しかったなあ。あんなことさえなかったら辞めなかったのに。もっとみんなといたかった。マッコイズを辞めてからというもの、その友人たちとは疎遠になってしまった。

あれ？　この写真なんかおかしい。

確かにその写真はおかしかった。写真に写っているのは晃子と友達の二人である。しかし写真に写っている二人の位置が明らかに不自然である。ツーショットの写真の場合、二人が当然写真の中央に位置するものである。しかしこの写真は晃子が中央に、そして友達がその左部分に、右半分が全く空いてしまっている。まるでスリーショットの一人がそこから消えてしまったかのように。

この写真、確か三人で撮った覚えがある。私と、深里と、もう一人……。

晃子は写真をアルバムから取りだし、まじまじと眺めたが思い出せなかった。

瞬間、晃子は暗闇に包まれた。家中の電気が消えている。

停電？　いや違う。窓から見える隣の家の電気は何事もなく闇夜を照らしている。どういうこと？　あっ、ブレーカーだ。きっとそうだ。でもクーラーはこの部屋しか入れてないのに。とにかく見に行こう。

晃子は部屋のドアを開け、ブレーカーを確認しに階下にある風呂場の脱衣所に向かうことにした。ここの壁の上部にブレーカーがあるはずだ。

部屋から一歩廊下に足を滑らせたその瞬間、晃子は悪寒に襲われた。

寒い？　何で？　どこかの部屋のクーラーが誤作動でもしているのだろうか。

晃子は冷静に頭を働かせた。今日は七月で、日中の気温は三十度を超える。しかし夜だからって砂漠じゃあるまいしこんな真冬みたいになるはずがない。

とにかく明かりが欲しい。ブレーカーを確認しなくては。

晃子の部屋は二階にあった。階段を下りようとすると足が動かない。冷気が一階からこの階段を通じて上ってきている。少なくともこの寒さの原因が一階にあることは間違いない。

すくむ足を無理矢理前進させる。寒さが一段と増していく。踏み入れてはならない世界に向かっているかのように。

帰宅したとき、玄関のドアに鍵をかけたし、その他の窓は外出するときにすべて戸締まりを確認した。晃子は外出のとき、帰宅のときのことを思い出していた。

絶対に外から誰かが入ってくることはあり得ない。それは晃子に身の危険が迫ることはないということである。

怖い。悪寒は恐怖に変わっていた。誰かが家の中にいるということは絶対にないと言い聞かせてはいるものの、身体は嘘をつけないらしい。足ががたがた震えている。

暗闇に少し目が慣れてきた。晃子は脱衣所まで着くと、何とかブレーカーを確認することができた。

落ちている。何だ、やっぱりこのせいだ。

この異常な寒さの理由は何も解決していないが、停電の理由はとりあえず解決したということで晃子は自分を納得させた。

晃子がブレーカーに手を伸ばすと、今までにないくらいの悪寒に襲われ、晃子は動けなくなった。

何かいる。

脱衣所から風呂場へは、一枚の曇りガラスの扉で仕切られているだけである。

お風呂場に何かいる。

晃子は動けなかった。何も考えることができなかった。ただそこにいることしかできなかった。

どれくらい時間が経っただろう。晃子は少しだけ思考が働くようになった。

とにかくこうしていても何も始まらない。まずブレーカーを入れて電気を点ける。そしてお風呂場を……。

頭ではわかっていた。おそらくそれが正しい選択だろう。しかし晃子は暗闇の中、風呂場の扉に手をかけた。なぜそうしたのかはわからない。全くわからなかった。

晃子は扉を開けた。

三

信号が赤に変わり、いつもより慎重にブレーキを踏む。助手席には、誰が見てもわかるくらい気分が悪そうにしている弘光深里が乗っている。

「深里ちゃん、どう？　少しは落ち着いた？」

大羽麻里子《おおばまりこ》は心配そうに助手席の少女に声をかけた。

「もう大丈夫です。落ち着きました」

車の窓から吹き込む風は生暖かい。かといって具合を悪くしている人を乗せているのに、冷房をつけるわけにもいかない。麻里子は夏の暑さを改めて不快に感じた。

マッコイズ町田青葉店には三人の社員マネージャーが在籍する。店長の池澤洋平《いけざわようへい》、アシスタントマネージャーの東吉次、そして同じくアシスタントマネージャーの大羽麻里子である。

麻里子は都内の短大を卒業してこの仕事に就いた。入社四年目の二十四歳で、唯一の女性社員ということもあり、アルバイトの女子学生は何か困ったことがあると何でも麻里子に相談する。その相談のうち仕事の悩みはほんの一割程度、残りの九割は恋の悩みであった。女子学生にとって二十代の年上女性と話ができる機会は意外と少ないものである。同世代の友達とはひと味違ったアドバイスをしてくれる麻里子は女子学生の人気者だった。

麻里子は午後六時に今日の仕事を終えた。六時に終業とはいっても実際はその後に様々な仕事が待っている。麻里子は店舗に隣接するスタッフルームでオレンジジュースを飲みながら一息ついていた。この後自分の担当業務の資材発注を済ませて、八時前には帰路に就こうと予定を立てていた。

事務所の電話が鳴った。内線の赤いランプが点滅している。店舗からだ。

「はい、大羽ですが」

「池澤だけど」

店長からだ。何かし忘れた仕事でもあっただろうか？　東さんにちゃんと必要事項の引き継ぎはしてきたし、何だろう？

「大羽くん、今日はもう帰れるのか？」

突拍子もない質問に麻里子は少し驚きながら答えた。

「今、資材発注をしようとしていたのですが」

「弘光さんの具合が悪そうなんだ。とても仕事が続けられる状態ではないので、彼女を家まで送って今日はそのまま帰宅してくれないか？　発注だったら明日でも間に合うだろう？」

「はい、かしこまりました。でも弘光さん、どうしたんですか？」

「詳しいことは君から聞いてくれ。とにかくオーダーは聞き間違えるし、ドリンクはこぼすし、テイクアウトの入れ忘れまでしてる。今日はとてもじゃないがもう無理だ」

弘光深里はアルバイトの中でも仕事が相当できる方だった。中にはどう考えても、あなたにこの仕事は向いていない、という学生もたまにいる。しかしそういう学生はたいてい一ヶ月もしないうちに自分から辞めていく。深里はそういう子たちとは対照的に、仕事の飲み込みが非常に早く、新しいことを教えてもすぐに吸収できるタイプだった。

その深里がそんな単純なミスを？　よっぽど具合が悪いのだろうか？　入れ忘れまでしたと言っていたが。

『入れ忘れ』と言われるミスは、店舗側にとってもっとも厄介なミスの一つであった。お客様がテイクアウトの商品を買い、家に帰ってみたら何らかの商品が足りないというものである。店舗に電話が入り、クレームが発生する。これに対して店舗はできる限りの対応をしなければならない。そのもっとも基本的な対応方法は、お客様の家までマネージャーがその商品を届ける『お届け』と呼ばれる手段である。これによりたいていのお客様は許してくれる。しかし忙しい時間に店舗からマネージャーが一人抜けるわけだから店舗側としては大変な負担になる。よってこのミスだけは絶対にしないようにと、日頃からアルバイトを教育している。

「そのT字路を右に曲がって二軒目です」

弘光深里の自宅は、店舗から車で十五分くらいの新興住宅地の一角にあった。『東町田駅』のすぐ隣の駅『成瀬台駅』から歩いてすぐのところにあった。

麻里子はブルーのラブ４Ｊを深里の自宅前に止めると、引き継ぎのとき、東から聞いたことを思い出した。

聞こうかどうか迷った。私が力になれるかわからない。でもこの子は何かに苦しんでいる。

そう思った麻里子は意を決して助手席の少女に問いかけた。

「夕方、刑事さんが深里ちゃんを訪ねてきたんだってね。何かあったの？」

「私、私、……。麻里子さん、助けてください」

深里は肩を震わせながら、麻里子の胸に顔を埋めた。

「私にできることなら何でも協力するから、ね、話して」

深里は顔を上げ、ゆっくりとした口調で話し始めた。

「刑事さんが言うんです。『昨日、佐藤晃子が殺された。その時間、君はどこで何をしてたんだ？』って」

「その事件なら知ってるわ。今日の朝刊に載ってたから。確かその子、首を絞められて殺されたって」

「ええ、そうなんですけど……」

深里は唇を震わせて、頬を伝わる涙を手で拭いながら言った。

「けど何なの?」

麻里子は心配そうに深里の顔をのぞき込んだ。

「私、知らないんです。その佐藤晃子って人」

四

辺りはすでに暗くなり始めていた。麻里子に家まで送ってもらった深里は、車の中で少し話をした後、麻里子にお礼を言って玄関のドアに向かった。

私も麻里子さんみたいな人になりたいなあ。

深里にとって麻里子は憧れの存在だった。美人というよりはかわいいタイプであるが、麻里子の物事に対する考え方はとてもしっかりしていて、間違ったことを絶対に許さないタイプだ。深里も正義感の強いしっかり者ではあったが、麻里子の芯の通ったまっすぐな性格にはとてもかなわないと思っていた。

玄関に入ると深里は、足元に見たことのない靴が目に入った。コンバースの紺のスニーカー、深里のものではない。両親のものとも思えない。

誰かお客さんが来ているのだろうか？

「お帰り。早かったのね」

母親の弘光美幸が足早に台所から出てきた。

「うん、ちょっと具合悪くなっちゃって早退させてもらったんだ」

その言葉を聞くと、美幸は顔色を変えて言った。

「どこが悪いの？　熱があるの？　頭痛いの？　骨でも折れたの？」

骨が折れていたら家に帰る前に病院に行っていると深里は思ったが、母親に心配かけまいと笑顔で答えた。

「もう大丈夫だから心配しないで。大羽マネージャーにそこまで送ってもらったし」

深里は一人っ子だった。そのせいもあり母親の美幸は過保護とも思えるほどの愛情を深里に注いだ。父親の弘光敦《あつし》は大手新聞社に勤めるサラリーマン。母親ほどではないがやはり、娘に対する愛情の深さは異常なほどであった。しかしそのように過保護に育てられながらも、自分というものをしっかり持っている深里はやはり、生まれながらの性格がしっかりしたものなのである。

「誰かお客さん来てるの？」

深里はスニーカーを見ながら美幸に尋ねた。

「それがね……」

「お帰りなさい。待たせてもらったよ」

美幸の言葉を遮るかのようにその男は居間から顔だけをちょこんと出して深里に声をかけた。

さっきの刑事、伊《い》藤《とう》誠《せい》一郎《いちろう》だった。

「何ですか、自宅まで押し掛けて」

深里は一直線に伊藤のところまで駆け寄ると、その服装に唖然とした。グレーのTシャツに深い紺色のジーンズ、それにあのスニーカー。先ほどのスーツ姿とは一変して何てラフな格好だろう。大学生と言われればそれで通ってしまうかもしれない。

伊藤はいきなり深く頭を下げ、手をついて深里に謝った。

「先ほどは申し訳ない。大して理由も説明しないで君に不愉快な思いをさせて」

全くその通りである。現に深里はあのとき、伊藤の一方的な話を少し聞くと、何も答えずに、「仕事に遅れますから失礼します」とだけ言って、とっとと店の中に消えてしまった。

「僕もこれだと思うと周りが見えなくなっちゃうタイプでね、君と同じで」

「私と同じ？　どういうことですか？」

「ほら、去年の文化祭のとき……」

「何でそんなこと知ってるんですか」

深里は驚きと怒りの表情を一度に見せ、伊藤に聞いた。

深里は文化祭の実行委員をしていた。高校に入って初めての文化祭、たったの三回しか経験できないことだから、その一回一回を大切にしたかった。委員会では、今までにしたことがないようなイベントをしようと盛り上がっていた。その結果、芸能人を呼んで野外ライブを行うことになった。学校側の許可も取り付けたが、高校の文化祭では予算に限界がある。その予算の中で呼ぶことのできる芸能人など限られていた。度重なる会議を経て、結局、まだ一部の人にしか知られていない、路上ライブで名をあげたフォークソングの男性デュオのライブを行うことになった。

ところが文化祭の二週間前になって、学校側がライブに反対をしだした。理由はそんな誰も知らないような二人組のバンドなんかを呼んでは、学校の品位に関わる、というものだった。

深里は激怒した。職員室に座り込みを始めた。授業にも出なかった。ほかの実行委員の生徒は学校を敵に回したくないと付き合うものはいなかった。だから一人で続けた。全身筋肉のような体育教師に何度もつまみ出された。深里はそれでも座り込んだ。同じクラスの友達が一人「私もする」と深里の隣に座り込んだ。今度は二人でつまみ出された。そうしてだんだん仲間が増えていった。

結局ライブは決行された。学校側は渋々ではあるが許可を出したのである。それも当然であった。五十人も職員室に座り込まれてはそちらの方が問題になってしまうからである。

文化祭が終わると深里は母親の美幸も呼ばれて、学校側から厳重注意を受けた。それでも深里の心は晴れ晴れとしていた。

何でこの人がそのことを知っているのだろう。いや、それどころか私のことをそこまで調べているということはやっぱりまだ私のことを疑ってるんだ。

美幸が新しいお茶を持って居間に入ってきた。

「こんな人にお茶なんか出さなくていいよ」

深里は美幸に言い放った。

「もうすぐおいとましますのでお構いなく」

伊藤は深里の言葉に動じている様子は全くなかった。

美幸は娘の失礼な態度に苦い顔を見せながら、それでも一応お茶だけは取り替えて居間を後にした。

「わかりましたから、聞きたいことを早く聞いてとっとと帰ってください」

深里はもうどうでもいいといった態度で言った。

「あっ、それから私も新聞やニュースで昨日の事件のこと多少知ってますけど、佐藤晃子なんて人知りませんから」

「やっぱりそうきたか。それなんだよ、こっちも困ってるところは」

伊藤は眉をしかめて腕を組みながら困惑の表情を浮かべた。

「佐藤晃子、十七歳。都立忠野高校二年、死亡推定時刻は七月十九日午後十時頃、死因はロープのようなものによる絞殺。第一発見者は急な仕事で一時的に帰国した晃子の父親だ」

伊藤は事務的な情報を伝えた。

「私が聞きたいのはそんなことじゃなくて何で私のところにあなたが事情聴取に来たかってこと」

深里はなかなか本題に入らない伊藤に腹を立てた。

「君の店で働いてたんだろ、去年。佐藤晃子はマッコイズ町田青葉店にいたんだろ?」

深里面食らった表情を見せ、一瞬言葉に詰まった。

「いないよ、そんな人」

少し間をおいてから深里が答えると、伊藤はやっぱりかと落胆した。

「ここに来る前に店長の池澤さんにも、アシスタントマネージャーの東さんにも話を聞いてきた。二人とも口をそろえて、そんな人は知らないと言っていたよ」

伊藤は落胆ぶりをより顕著に出しながら言った。

「マッコイズの店舗では退職者のデータを最低三年間は保存しなければならないらしい。だからコンピュータを調べればすぐにわかる。でもいなかったよ、佐藤晃子なんて人物は」

「でも何でその佐藤さんがうちの店にいたなんて言うんですか? 誰かから聞いたことですか?」

「そんな曖昧な証拠じゃないよ。そう言われるのは大体検討ついてたからこれを署から持ってきた。証拠物件だから触るなよ」

伊藤はセカンドバッグからビニール袋に入った一枚の写真を取り出した。

深里は目を疑った。その写真を見てまず目に入ったのは満面の笑みを浮かべてピースサインをするほかならぬ深里自身だった。そしてその隣には、深里と同じマッコイズのユニフォームを着た見知らぬ女の子がこれまた同じくピースサインをしている。

誰なの？　後ろに写っている建物は見慣れたマッコイズ町田青葉店である。

「その顔を見ると本当に知らないようだな。一体どうなっちまってんだ。それにしてもこの写真誰が撮ったんだ？　下手くそだろ？　ツーショットなのに右半分が空いちまってる。何か意味があんのかなあ」

伊藤は一人で自問していた。

「その写真がその子の家にあったんですか？」

深里はまだ何が何だかわからないといった表情で聞いた。

「いや、死体が握ってたんだ。それで君が重要参考人てわけなんだよ。それに……」

「それになんですか？」

伊藤は一瞬ためらったが、決心したかのような表情を見せて言った。

「君、タロットカードわかる？」

「タロットカード？　あの占いのですか？　占いとかあまり信じないんで興味ないです。それがどうかしたんですか？」

「これはマスコミに公表してないことだから絶対に他言しないでくれ、いいね？」

深里は黙ってうなずいた。

「死体の額にアイスピックで刺さってたんだ。『I・魔術師《マジシャン》』というタロットカードが」

五

「お疲れさま」

「また明日ね」

「宿題終わったら教えてね」

「まだ八月になったばかりだよ。やるわけないでしょ」

女子高生たちの様々な声が飛び交っている。午後七時になろうとしていた。日が沈みかけてはいるものの、この暑さはまだ衰えようとはしなかった。

部活が終わって解散したところである。都立成川高校女子バスケットボール部は先月、インターハイの東京都予選で惜しくもベスト八で涙を飲んだ。都立高校でベスト八という成績は誰もが認める快挙であった。

三年生が引退し世代交代が行われ、秋の新人戦に向けて新チームがスタートを切ったところである。

二年生の竹澤真理《たけざわまり》と前田歩《まえだあゆみ》もその一員であった。汗でベトつく制服を身にまとい、練習着やバスケットシューズの入った大きなスポーツバッグを肩に掛け帰路に就いたところだ。

「ねえ、歩、今日うち親が旅行に行ってて誰もいないんだ。お兄ちゃんもサークルの合宿だって言ってたから私一人なんだけど、よかったら泊まりに来ない？」

真理が重そうなバッグを持ち替えながら尋ねると、歩が言った。

「行く、行く。でも一度帰ってシャワー浴びてから行くね」

真理も歩も高校から徒歩十分のところにある都営の団地に住んでいた。歩が小学生のときに引っ越してきて以来、二人はずっと一緒だった。二人ともスポーツは万能であったが、学業はというと真理は並よりやや下といってよかった。歩はどちらかといえばできる部類に入るだろう。しかし、中学時代バスケ部に所属した二人は全国大会で準優勝するという快挙を成し得た。それは二人の活躍のたまものだといっても過言ではない。高校を受験するとき、二人は真剣に悩んだ。バスケでそれだけの成績を残したわけだから、有名私立高校からのスポーツ推薦の話も何件かあった。しかしスポーツ推薦とはいっても学費を免除してくれるわけではない。結局二人は家の経済状況を考えて、バスケの強い都立高校に入学した。歩にとってはそのために自分の学力レベルより下の高校に入学することになったが、真理とまたバスケができるということだけで幸せだった。

竹澤真理は百七十五センチの長身でポジションはセンターだが、他の強豪校には真理より遙かに長身のセンターがごまんといる。前田歩は身長百六十三センチで、ポイントガードと呼ばれるいわゆる司令塔を任されている。

歩がドリブルで相手を抜き去り、誰も予想できないような鋭いパスを真理に送る。真理が相手のディフェンスなどものともしないその跳躍力でシュートを決める。中学時代からの二人の必勝パターンである。

「それじゃあ、三十分くらいしたら行くから。お酒でも買って持っていこうか?」

歩がうっすら笑ってそう言うと、

「大丈夫、もう用意してあるから」

真理は任せなさいとばかりに胸を張って言った。

そういうところだけはしっかりしてるんだからと歩は感心した。

呼び鈴が鳴った。

「いいよ、入って」

少し重たいドアを開け、歩が「お邪魔します」と言って入ってきた。

真理はシャワーを浴びていたのかバスタオル一枚の格好だった。

「着替えるから適当にくつろいでて」

真理が風呂場に戻るのを見送ると、歩は真理の部屋へと向かった。ベッドに腰掛けテレビのリモコンを押す。慣れたものである。

テレビでは数ヶ月前に結婚したコギャルのカリスマと呼ばれたアイドルの特集を報じてい

た。

結婚かあ、そんなにいいかなあ。

歩は大して興味ないといった感じで床に置かれていたファッション誌をめくり始めた。

「お待たせ」

Tシャツとハーフパンツのラフな格好に着替えた真理は、買っておいたカクテルの小ビンを二本持ち、部屋に入ってきた。

真理は歩の隣に腰掛けると、一本を歩に渡して言った。

「飲もう、今日はとことん飲もう」

とても十七歳の言葉とは思えない。

「明日も部活だよ」

歩が冷静に言うと、真理は動じずに答えた。

「私たちの青春、部活だけで終わっていいの？　よくないでしょ？」

青春と酒を飲むことが直接関係あるとは思えないが、このくらいの年の子にとっての飲酒はその味に酔うのではなく、本当はしてはいけないことをしているというスリルに酔うのである。

「乾杯」

二人はモスコミュールを一口飲んで言った。

「部活の後の一杯は最高だね」

完全にオヤジである。

部活の話、クラスの友達の話、最近の芸能人の話、ごく普通の女子高生の話をしながら、少しずつその大人の気分になれるアルコール飲料を飲んでいた。

会話が途切れ途切れになり、やがてなくなり、少しの間静寂が訪れた。

真理は歩を見つめた。歩もまた真理を見つめた。

二人は唇を重ねた。

真理も歩も容姿はかなり良い方だった。中学のときから二人に言い寄る男子は後を絶たなかった。しかし真理も歩も誰とも交際したことはない。

「好きだよ、歩」

「私も、真理」

二人は抱きしめ合ったままベッドに横たわった。言葉はなかった。ただじっとお互いの顔を見つめていた。いつからかと聞かれてもおそらく二人とも答えられなかった。気付いたときにはこういう関係になっていた。しかし、後ろめたさはなかった。自分の気持ちに正直に二人は愛し合っていたのである。真理と歩はもう一度唇を重ねようとした。

その瞬間、視界が真っ暗になった。

何？　何が起こったの？

「歩、怖いよう」

真理が今にも泣き出しそうな声で言った。

「ただの停電だよ。すぐ直るから」

歩は真理を落ち着かせようと心にもないことを言った。

停電ではない。窓から覗くと向かいの団地はほとんどの窓から明かりが漏れている。

真理の部屋にはクーラーがない。歩が来てから使用した電気製品といえば、部屋の電気、テレビ、そして扇風機くらいだ。ブレーカーが落ちるという可能性もない。

歩は冷静に分析した。何が起こったんだ？　今、私はまず何をすべきだろうか？

結論は出た。

「懐中電灯どこにある？　真理」

真理はベッドにうずくまり、今はその長身も歩より小さく見える。

「台所にあると思う」

「わかった。ちょっと取ってくるね」

「えっ、いや、行かないで」

真理は泣きながら懇願した。

「真理、懐中電灯がないとブレーカーの確認にも行けないでしょ。そのままちょっとだけ待ってて」

「やだ。私も行く」

もうただのだだっ子である。

歩はしょうがなく真理の手を取り部屋を出ることにした。

「怖いよう、歩」

いちいち答えていたら、らちがあかない。そう思った歩は部屋のドアを開け、台所に向かおうとした。

何？　どうなってるの？

「歩、寒いよう」

歩は真理のその言葉など耳に入っていなかった。歩はもう一度分析した。

今は八月。日本では夏と呼ばれる季節だ。そして夏は暑いものである。

考えても全くわからなかった。しかし何もかもわかるために今自分ができることは、明かりをつけること、つまり懐中電灯を取りに行くことだった。

歩はすくむ足を前に出し、真理の手を無理矢理引いて、一歩、また一歩と進んだ。

「私たち死ぬのかなあ？」

そう言った真理の口からは白い息が漏れていた。

「縁起でもないこと言わないでよ」

歩は明らかに怒りの表情を見せた。

「でも私たち、あんなことしたから」

「真理、それはもう二度と口にしないって約束したでしょ」

「でも……」

「でもじゃない。あの子はもう死んだの。それに私たちのせいで死んだとも限らないでしょ。バイト先でもいろいろあったみたいだし」

「想子……」

真理は声にならない声で言った。

「何度言ったらわかるの。もうその子は……」

真理は一点を見つめたまま彫刻のように固まっていた。

真理の見つめる方向はちょうど歩の真後ろだ。向かい合って言い合いをしていたために、歩は真理の見つめる方向に完全に背を向けている。

「ちょっと真理、しっかりしてよ」

真理は何も答えなかった。

鳥肌が立っている。身の毛もよだつ思いとはまさにこのことだろう。見てはいけないことくらいわかっていた。しかしこのまま突っ立っているわけにもいかない。

歩は振り返った。

六

はめられた。恵のやつ、絶対許さないから。

天気は快晴、気温は三十度を越す真夏日。八月の上旬ともなれば、この暑さにも嫌でも慣れてしまう。

夏休みということもあって、東京ディズニーランドは子供連れの家族客で入場制限が出るくらいの混雑ぶりである。

四日前に決まった急な企画だった。少なくとも、弘光深里はそう思っていた。

四日前の夜、深里は携帯電話の着信音で飛び起きた。その日は一日中アルバイトをして疲れていたこともあって、早くから寝床についてウトウトしていた。

「あっ、深里、突然だけどディズニーランド行くよ。四日後よ、バイト入ってないでしょ。予定入れないでね」

関口恵からの電話だということは把握できたが、後はよくわからなかった。

翌日深里はアルバイトで一緒だった恵をつかまえて聞いた。

「昨日の電話どういうこと？　よく意味がわからなかったんだけど」

　恵は困惑した表情で答えた。

「店の中でそんなこと聞かないでよ。誰かに聞かれたらまたすぐ噂になっちゃうよ。それに東さんがいるんだから。帰りに話すから」

　マッコイズは年中無休で営業している。よってアルバイト同士多人数でどこかに遊びに行くことは禁じられていた。アルバイトが何人もいっぺんに休まれたらその日の営業に差し支えるからである。しかし頭の中は恋愛だらけの年代の子たちが集まる世界で、そういう話が持ち上がらないわけがない。だから当事者以外誰にも気付かれないようにする。そしてもっとも気付かれてはならないのがアシスタントマネージャーでアルバイトのスケジュールを管理するスケジュールマネージャーでもある東であった。

「この前、大悟君と話して急に決まったのよ」

　店を出て駅に向かう帰り道、ウーロン茶を飲みながら恵が言った。

「じゃあ、大悟さんと二人で行けばいいじゃない」

「それじゃあ意味ないのよ。じれったい誰かさんと誰かさんの恋のキューピッド役を私と大悟君がしてあげるって言ってるの」

　深里はあきれてものが言えなかった。

　安藤大悟《あんどうだいご》は、某有名大学に通う一年生。恵とは特に仲が良く、電話でよく話したり、ときには二人で出かけたりもしている。しかし恵に「付き合ってるの？」と尋ねると、「ただの友達よ。そういう対象ではないの」と否定されるだけだった。

今日の企画を簡単に説明してしまえば、関口恵、安藤大悟、弘光深里、綿貫浩太の四人で、ディズニーランドに遊びに行き、恵と大悟の協力で深里と浩太の仲を深めようというものなのだ。


午前九時、東町田駅集合の予定だった。そこから車で現地に向かう計画だった。車は浩太が最近購入したばかりの新車である。親に半分は費用を負担してもらったらしいが、残りの半分を払うために残りの学生生活はバイト漬けだと日々ぼやいていた。

深里が九時十分前に駅に着くと、浩太とその新車が待ち構えていた。目立つ車だ。エメラルドグリーンの車体、全体的にはかわいらしいフォルム、そしてオープンカーである。つい最近発売されたばかりの日産マーチカブリオレである。

深里も最近よくその車のＣＭを目にしていた。だからすぐにあのＣＭの車だとわかった。

「おはよう」

浩太が待ちくたびれたとばかりに欠伸をしながら言った。

「おはよう、かわいい車だね。高かったんでしょ？　無理しちゃって」

「車に好きなだけ乗れるのは学生のうちだけなんだよ。だから多少無理しても学生のうちに車を持っておいた方がいいんだよ」

　確かにそれも一理ある。都心に会社勤めをするサラリーマンのほとんどが電車通勤である。よって車に乗る機会は週末のわずかな時間に限られてしまう。

「二人はまだ来てないの？」

　辺りを見渡しながら深里が言った。

「まだだよ。二人とも時間にルーズだからな」

　深里も同感だった。

　そのとき近くで聞き慣れたメロディーが鳴った。深里の携帯電話の着信音だった。

「もしもし」

　深里が電話を取ると、聞き慣れた声が電話口から聞こえた。

『恵だけど、ごめん、私と大悟君、急用で行けなくなっちゃった。でもせっかくだから綿貫さんと二人で行って来なよ。ほんとごめんね』

　一方的に電話が切られた。

　結局深里と浩太は二人でディズニーランドに行くことになった。これはデート以外の何ものでもなかった。

「次は何にする？」

「そろそろ飯食べようよ」

浩太は少し疲れた顔を見せて言った。

午後一時を過ぎていた。確かに少しお腹が空いた。

『スターツアーズ』で宇宙旅行をしてきた深里と浩太は何を食べようかとあれこれ話しながら歩いていた。

「とりあえずあれ食べよう」

浩太はいきなり走り出すと、アイスクリームを二つ両手に持ち、満面の笑みを浮かべて戻ってきた。

「騙されたと思ってこのアイス食べてみな。めちゃくちゃうまいよ」

それは何の変哲もないバニラのアイスクリームに見えたが、深里はそれでも子供のようにアイスクリームをほおばる浩太が何だかかわいく見えた。

「あれ、バニラじゃない。食感も何だか変」

「うまいだろう？　これはディズニーランドでもここしか売ってないヨーグルトのフローズンアイスなんだ」

浩太は自慢げに言った。

おいしい。深里は素直にそう思った。そしてそれは浩太と一緒だから余計においしかったのかもしれないとも思った。

昼食はピザを食べることにした。

「楽しい?」

席に着くと浩太が深里を見つめて言った。

「うん、すごく楽しい」

深里は少し照れながら笑顔で言った。

「よかったあ。本当はちょっと心配だったんだ。だって深里ちゃん、車の中でも、アトラクションの並び待ちのときも、その何とかっていう刑事の話ばかりなんだもん」

深里は全く気付かなかった。そんなに伊藤の話ばかりしていたのだろうか。

「そんなことないよ。だってあの人すごいしつこいから……」

「ほら、また始まった」

本当だ。ついムキになってしまったことを恥ずかしく思いながら、深里はトイレに行くと言ってばつが悪そうに席を立った。

せっかく浩太と二人でいるときにほかの男の話ばかりするなんて、私は最低だ。浩太を傷つけてしまったかもしれない。考えてても仕方がない。この後の時間を二人でめいっぱい楽しもう。

深里は浩太の待つテーブルに向かった。

誰?　誰かが私を見てる。

深里は寒気がするほどの冷たい視線を感じ、辺りを見回したが、それらしい人物はいなかった。深里は不快感を覚えた。

最後尾の看板には『九十分待ち』の文字が刻まれている。深里と浩太はスプラッシュマウンテンに並んでいた。今の二人にとって、九十分という時間は決して長い時間ではなかった。たわいもない会話をしながら、二人の並ぶ長蛇の列は少しずつ前方へと進んでいった。

スプラッシュマウンテンのメインともいえる最後の落下シーンが列から見える。乗客は悲鳴を上げながら両手を掲げ、水面へと一直線に落下していく。最前列の乗客は急な雨にでも降られたかのように水浸しになっている。

ふと聞き慣れた声がした。それは単なる叫び声ではあったが、どこかで聞いたことのある声だった。

今まさに落下しようとするコースターを深里は凝視した。最前列で二人並んで両手をあげ大声で叫んでいるカップル。恵と大悟だった。

「ちょっとどういうことか、納得のいくように説明しなさい」

深里は本気で怒っているわけではなかったが、ただ強引にこのような状況を作った恵と大悟にちゃんと反省して欲しかったので怒って見せた。

「こんなことしたのは悪いと思うけど、でも二人とも結構楽しそうだったじゃない」

恵は半ば開き直っている。

「ひょっとしてずっと見てたの？　ずっと後つけてたの？　あなたたち最低」

そうか、さっきの視線は恵と大悟のものだったんだ。

「それよりこれからどうするの？　四人で行動する？」

恵は全く反省している様子を見せずに、もう次のことを考えている。深里はこれ以上何を言ってもしようがないと思い、とにかく今を楽しもうと思った。

「せっかく一緒になったんだから四人で遊ぼうよ。帰りも浩太さんの車でみんなで帰ればいいじゃん」

深里は久しぶりに羽を伸ばした気がした。あの刑事が現れてから何だかずっと張りつめていたから。

七

夜十一時を過ぎていた。日本の夏というものは恐ろしいもので、この時間になってもまだ蒸し暑い。寝苦しい夜はまだしばらく続きそうだった。

深里は緊張していた。

このドアを開けたら……。おそらく父の敦が玄関で待っているだろう。そして延々とお説教を聞かされる。

深里の門限は九時だった。しかし今日ディズニーランドに行くと決まったとき、その門限を破ることを決意した。夜のパレード『ディズニーファンティリュージョン』と夏季限定の花火が見たかったからである。決心したとはいえ、いざその場面に直面するとやはり緊張してしまうものだ。

四人は浩太の車で帰宅した。恵と大悟は東町田駅で降ろした。深里は家の前まで送ってもらった。

自然な流れだった。何の抵抗もなかった。深里が車から降りようとすると、浩太が深里の右手を握った。しばしの静寂があった。目と目が合ったが言葉はなかった。

二人はキスをした。

それがほんの数分前のこととは思えなかった。なぜなら今はその幸せも皆無に等しかった。

深里は玄関のドアを恐る恐る開けた。

「お父さん、ごめんなさい。これからはきちんと門限守りますから許してください」

深里は頭を深く下げ、何か言われるまで目を合わせまいとした。

「わかった。いいから中へ入りなさい」

えっ？　そんなはずはない。お父さんがそんなにものわかりがいいはずがない。

深里はゆっくりと顔を上げた。

「でもこの時間はちょっと遅すぎるな。補導されちゃうぞ」

父親よりもはるかに若い男が立っていた。

「何であなたがそこにいるのよ。不法侵入で訴えてやるから」

伊藤誠一郎は深里の話など全く聞いていなかった。

「しっ、お母様はもう寝てらっしゃるから大声を出さないで」

「あなたに命令される覚えなんてありません。お母さんもお母さんよ。こんな不審人物を残して寝ちゃうなんて」

そう言いながら深里はきょろきょろと辺りを見渡した。父親の敦の姿が確認できないからだ。

「ねえ、お父さん知らない？」

伊藤は不思議そうに深里を見て言った。

「何だ、まだ知らないのか？　君のお父さん、新聞記者だろ？　じゃあ今日は帰れないよ。だから僕もこうしてここに仕事しに来てるんだから」

深里は少しほっとしたが、同時に嫌な予感がした。父親が家に帰らない日は多々あったが、その日は必ずといっていいほど大きな事件のあった日だ。きっと今日も何かあったのだ。

「何か事件があったの？」

深里の質問に伊藤は首を縦に振って言った。

「殺人事件だ。今度は二人同時に殺されたよ」

「今度はってまさか？」

「そう、間違いなく佐藤晃子のときと同一犯だ」

深里は困惑した。

また私が疑われてるのだろうか？　この人は私から何を聞きたいのだろうか？

「被害者は都立成川高校に通う二年生、竹澤真理と前田歩。死亡推定時刻は午後九時前後で死因はロープのようなものによる絞殺。第一発見者は真理の兄で、サークルの合宿に行こうとして忘れ物を取りに戻って来たそうだ。そこで妹の死体とご対面というわけだ。二人はバスケットボール部に所属していて今日も七時過ぎまで練習があった。帰宅して二人で一緒にいるところを……」

伊藤はそこで話を終えた。

竹澤真理、前田歩、聞いたことのない名前だ。でも何かひっかかる。深里は必死で考えたが結局思いつくことはなかった。

「でも犯人が同じだなんて何でわかったの？　あっ、まさか？」

いつの間にか深里の伊藤に対する言葉遣いが敬語を使わなくなっていたが、伊藤も深里自身も特に違和感はなく、むしろその方が自然に思えた。

「そう、そのまさかだ、タロットカードだよ」

よくわかったねと言わんばかりの感心した顔つきをみせて伊藤は言った。

「でも模倣犯の可能性も……」

「言っただろ、それはマスコミには公表してない情報だって。こういうときのために警察は事件の情報すべてを公表しないんだ。模倣犯てやつが絶対出てくるからな。そうすると捜査が混乱するんだ。まあ、何にしても今回の事件は同一犯に間違いない」

深里は不思議な気分になった。その二人のことも知らないし、一見すれば自分はこの事件に無関係のはずだ。しかし、何か見えない力で事件に引き寄せられてる気がする。そう、見えない力で……。

伊藤は続けた。

「前回と同じく二人の額にはアイスピックでタロットカードが刺されていた。竹澤真理には

『Ⅱ・女教皇《ハイプリーステイス》』、そして前田歩には『Ⅲ・女帝《エンプレス》』というカードだった」

深里は思慮深げに腕を組んで言った。

「タロットカードかあ？　一体どんな意味があるんだろう？　番号が入ってるってことはまだ続くかもしれないってこと？」

「そうあっては欲しくないけど。あっ、それにもう一つ、気になることがあるんだ。この額に刺されたタロットカードなんだけど、佐藤晃子のときも含めて三枚とも上下が逆に張り付けられてるんだ。何の意味があるのかはわからないけど……」

八

何事もなく無事に帰ってこられますように。

池澤洋平は決して信仰心の強い人間ではなかった。しかしこのときばかりは神頼みになるのも無理はない。十代の子供たちを五十人、考えるだけでも胃が痛くなる。

池澤はマッコイズ町田青葉店の店長になって二年の月日が経っている。そろそろ異動の時期だろうと自分では思っていた。大学を卒業して最初に配属になった店舗は横浜駅構内の超ハイセールスの店舗だった。マッコイズは当時全国に二千五百店舗を持つ大型チェーンである。その中でも五本の指に入る年商を記録する店舗だった。池澤は学生時代にマッコイズでアルバイトをしていたわけではない。就職して最初の仕事はハンバーガーの作り方を習うことだった。高校三年生の男の子に怒られながら作り方を教えてもらった。厨房の仕事が一通りできるようになった頃、カウンターで接客を習った。高校二年生の女の子にレジの打ち方を教えてもらった。ドリンクの作り間違いでもしたときには、「注意力が足りないからです。もう少ししっかりしてください」などと注意された。一ヶ月も経たないうちに池澤のプライドは粉々にされた。

何度も辞めようと思った。大学時代、商学部で経理、経営を学んだ池澤は本社で経理の仕事がしたかった。しかし、日本マッコイズ株式会社は、新卒社員は全員店舗勤務からのスタートであり、店長を経験して初めて本社の各部署に配属される。社長以下、社員全員が、法務に携わるものも、経理に携わるものも、人事のものも、広報のもの、商品開発、機器開発、出店調査に至るまで、すべての部署のものがいつでも現場でハンバーガーを作ることができ、また、接客ができるというのが会社の方針であった。

歯を食いしばってがんばった。三十歳のとき店長になり、川崎の商店街の店舗に赴任した。三十歳で店長、遅くも早くもない人並みの出世である。しかしこの店でもまた様々な苦労をした。近隣に暴力団の事務所があり、夜十一時を回ると映画さながらの世界になる。店舗のすぐ近くの小道で暴力団同士の抗争が起こったこともある。銃声も何度か聞いた。刺されて腕から血を流しながら、「何でもいいから飲み物くれ」とコカコーラを買いに来たお客様もいた。戸締まりのシャッターに銃弾が撃ち込まれ警察沙汰になったこともある。とにかく店長としての最初の店舗は決して恵まれているとは言えない店だった。

しかし悪いことばかりではなかった。翌年池澤は結婚した。七年の交際を経てのゴールイン、相手は四歳年下のアパレルメーカーに勤務する女性である。出会ったのは池澤が二十五歳のとき、国道246号線沿いのドライブスルーの店舗に配属されていたときのことだ。アルバイトの面接に彼女が来たそのときから何か運命のようなものを感じた。しかしそれは許されることではなかった。原則的に自店舗のアルバイト学生との交際は会社の方針で認められていない。

だから付き合い出してからも、池澤は、そしてもちろん彼女の方も決して他言はしなかった。彼女と仲の良い友達でさえもこのことは知らなかった。彼女が大学を卒業して社会人になってから、初めて堂々と二人で街を歩けるようになった。

現在三十四歳。一歳になる娘もできた。あと少しがんばれば入社前からの目標である本社勤務に就ける。こんなところで評価に響くような問題だけは起こしたくなかった。

この話が持ち上がったのは、梅雨入り宣言が出されたばかりの六月中旬のことだった。アルバイトのマネージャー職の数名が池澤に話を持ちかけた。

「店長、今年の夏休みなんですが、僕たちでこのような企画を立てたんですが、どうでしょうか?」

企画の内容は、夏休みに店舗のスタッフで親睦と日頃の労をねぎらう意味で、海に遊びに行こうというものだった。別にそれほど深く考えるものではないように思えるが、店長の池澤にとっては頭が痛いことだった。アルバイトたちが自分たちで企画を立てて実行しようとしている。全員で力を合わせて一つのものを作り上げようとしている。その団結力は今後の店舗運営に大きなプラスになるであろう。しかしその『遠足』で何か事件、事故があったときの責任は自分以外誰も取ることはできない。当然引率する社員も自分と、ナンバー三の大羽になるだろう。ナンバー二の東が留守番ということになる。

アルバイトから企画書が上がってきた時点では一泊旅行になっていた。それだけは何とか阻止し、日帰りの『遠足』に決定した。マッコイズ町田青葉店には約五十名のアルバイトが在籍する。そのほか十名ほどの主婦のパートで日頃の店舗運営がなされている。今回は夏休みということで、主婦の方々は子供が家にいるからということで参加を断念した。

ここで問題になってくるのは、その間どんなスタッフで店舗を運営するのかという点である。年中無休のはずの店舗をスタッフの遠足で休みにするわけにはいかない。かといって、留守番の東一人ではどうにもならない。この場合、『ヘルプ』と呼ばれる臨時の助っ人を依頼する。マッコイズはチェーン店のためどの店でもほぼ同じ機械が使用され、同じマニュアルに沿った運営がなされている。よって他店舗に行っても、少し説明を受ければすぐに営業できてしまうのである。

かくして池澤にとってここ数週間の胃痛の原因である『遠足』が始まろうとしていた。手配してあった貸し切りの大型バスが店舗の横の比較的大きめの道に到着した。アルバイトたちが大声ではしゃぎながらバスに乗り込んでいる。池澤は足取り重くバスのステップに足をかけた。運転手に挨拶を済ませ最前列の席に腰を下ろした。

バスはゆっくりと走り出した。

神様、どうか何も起こりませんように。

そんな池澤のささやかな願いは残念ながら叶うことはなかった。

九

松井彩子《まついさいこ》はおもしろくなかった。高校二年生のときからアルバイトをしている彩子は今年で四年目を迎える。アルバイトを始めた時期もほぼ同じ、そして年も同じ、彩子は綿貫浩太が好きだった。

バスの中でもそうだった。こっちに着いてからもあの二人はずっと一緒にいる。彩子はこのイベントを機に少しでも浩太と仲良くなろうと意気込んでやってきた。それがあんな女子高生に……。嫉妬以外の何ものでもないということは自分でもよくわかっていた。彩子は浩太とそれほど親しくない。会えば挨拶を交わす程度だ。だからなおさら悔しかった。むしゃくしゃした。しかしどうすることもできなかった。

海岸はマッコイズのスタッフで貸し切り、のはずはなかった。午後一時になろうとしている。気温は三十五度、天気は雲一つない快晴、そして世間は夏休み、海水浴場に人がいないわけがない。日曜日の渋谷を思わせるほどの大混雑のなか、何とかパラソルとシートで場所を確保した面々は我先にと海へ飛び込んだ。

東町田からバスで二時間を要し、ここ伊豆の白浜海岸までやってきた。東名高速から小田原厚木道路を抜け、海岸線沿いを走りここまで辿り着いた。当初は近場の海で済ませるつもりであったが、せっかく行くのだからきれいな海にしようと伊豆まで足を延ばすことになった。

弘光深里、関口恵、綿貫浩太、安藤大悟の四人は例によって和気藹々とビーチバレーをしたり、ボディーボードをしたりと楽しんでいる。

そんな姿を見るのに限界を感じた松井彩子は一人その場から離れ、海の家でくつろいでいようと思った。

その海の家は海岸から少し離れたところにあった。もちろん海岸にも何件かの海の家はあったが、彩子は海辺が見えないこの海の家をあえて選んだ。

彩子はマッコイズでは仲が良いといえる友達は一人もいなかった。大学でも同じだったし、中学、高校のときもそうだった。容姿は悪い方ではなかったが、わがままな性格と、その気性の激しさのせいで彼女に近づくものはいなかった。

弘光深里の周りには自然と人が集まり、男女年齢を問わず、深里は慕われている。だからなおさらなのかもしれない。深里が羨ましかった。そして深里に勝てない自分が悔しかった。

海岸からも駐車場からも離れたその海の家は大きな木々に囲まれ、直射日光も当たらなそうな薄暗い場所にあった。かき氷、焼きそば、ラーメン、おでんといったメニューの看板が立て掛けられているが、こんなところに来るのは自分みたいな物好きだけだろうと彩子は思った。

案の定、店内には一人の客もいなかった。そればかりか店員の姿も見えない。

まっいいか。

彩子は座敷に上がり込み、だらしなく横になった。

何だかちょっと疲れた。ちょっとだけ横になろう。このまま眠ってしまっても全員そろわなければ帰りのバスだって出発できないだろう。

彩子は急に眠気に襲われて、ウトウトしかけていた。もう少しで睡眠に入れるところだった。

彩子は辺りの異変に気がついた。

暗い？　何でだろう？　まだ一時過ぎのはずだけど。

辺りは薄暗かった。周りの木々に囲まれているせいかと思ったが、光が全く差し込んでいない。

夜？　私寝ちゃったのかなあ？

明らかにこれは異常事態であった。この得体の知れない暗闇もそうであるが、もっと説明のつかないことがある。

何でこんなに寒いんだろう？

彩子は水着にTシャツを羽織っただけの姿であったが決してその薄着だけのせいではなかった。それは彩子の吐く白い息が証明していた。

夢？

彩子は思いっきり右手の親指と人差し指で左手の甲をつねった。痛みを感じる。疑念が不安になり、それはやがて恐怖になった。

ゴトッ。奥の厨房で何かが落ちる音がした。

赤ちゃんがハイハイをするような格好で彩子は少しずつその方向に向かった。

彩子は凍りついた。前へ進めなくなった。精神的な理由からではなく物理的な理由で進めなくなった。

誰かが足を握っている。凄い力で。

彩子は動けなかった。

その物体はゆっくりとその身を足から上の方へと寄せてきた。水滴が足をすり落ちていくのとは正反対に、ゆっくりと這い上がってくるような感覚だった。

彩子の後頭部の辺りまでそれは上ってきた。

彩子は死を覚悟した。

十

弘光深里は『パシリ』にされていた。五人分のジュースを買いにちょっと離れた海の家まで走ることになった。

太陽の位置もやや傾きかけている。時間は午後三時、しかしまだその灼熱の暑さは衰えることを知らなかった。

「あら、深里ちゃんどこ行くの？」

引率に来ている大羽麻里子が深里を見つけて声を掛けた。麻里子は日焼けを嫌がってか、パラソルの下でくつろいでいる。

「麻里子さん、海入らないんですか？」

深里が尋ねると麻里子はちょっとしかめっ面をしながら答えた。

「深里ちゃんみたいにもう若くないから日焼けしたくないの。もうおばさんなのよ」

こんなにきれいなおばさんがいたら世の中の本物のおばさんは居場所がなくなってしまう。そう思いながら深里は麻里子に手を振って買い物に向かった。麻里子の隣には浮かない顔をした店長の池澤が座り込んでいる。アルバイトたちの行動に常に目を光らせ、監視しているといった感じだ。店長も仕事を離れたときくらいリラックスすればいいのにと深里は思ったが、池澤にとってはこれもまた仕事だということは高校生にはまだわからないのであろう。

それにしてもさっきの彩子さん、何だかいつもと違ったなあ。

深里がそう思うのも無理はなかった。そこにいた深里、恵、浩太、大悟の全員があまりにも意外なことに驚かされた。


四人は海辺の一角を陣取りビーチバレーをしていた。そこに手を振りながら走ってくる女性がいた。

「ねえねえ、私も入れてよ」

松井彩子だった。彩子は足元に転がってきたスイカのデザインのビーチボールを拾い上げると元気よく、「そおれっ」と声を掛け、華麗なサーブをみせた。そのボールをレシーブするものは誰もいなかった。四人とも口をポカンと開け、金縛りにあったかのように立ちすくんでいた。

彩子はそんな性格ではなかった。どちらかというと一人でいるときの方が多かった。誰かと親しく話をしているところなど見たことがないし、仕事中もまたそうだった。常にピリピリしていて、話しかけでもしたら鬼のような形相で睨まれる。彩子が接客をしていて、自分が手の空いたときにフォローなどした日には、余計なことしないでと怒り出す。みんな彩子と同じ時間に入ったときには緊張した。そして一緒に仕事はしたくなかった。

その彩子が自分から他人の輪に入ってきて、一緒に遊ぼうと声を掛けてきた。もちろん断る理由はなかった。ちょっと気持ち悪かったが、四人は快くその申し入れを受け入れ、かくして五人のビーチバレー大会が始まった。

最初にばてたのは関口恵だった。

「ちょっと休もうよ。私疲れちゃった」

恵は額から汗を流し、ふらふらになって砂浜に仰向けになった。それもそうだ、この灼熱の太陽の下、ビーチバレーなどしていたらこうなるのが当たり前だ。

「私ジュースおごってあげるよ。深里ちゃん、一番元気そうだから悪いんだけど五人分買ってきてくれないかなあ？　今お金持ってくるから」

彩子は笑顔で深里に言った。深里はなるべく驚いた表情を見せないように言った。

「は、はい。ありがとうございます。買ってきます」

「ちょっと遠いんだけど、あそこの駐車場の奥に小さな海の家があるの。そこで地域限定のおいしいジュースを売ってるから、それをお願いしていいかな？」

深里は思い出しながら、再び不思議な気持ちに襲われた。

彩子さん、一体どうしちゃったんだろう？　それに何だか彩子さん、いつもとちょっと違う目をしていた。笑顔で話してはいたが、目がうつろだった。焦点が合っていないような、ちょっと気持ち悪い目をしていた。深里は少し心配になった。

その海の家は高い木々に囲まれ、この辺りでは珍しく直射日光を避けられる場所にあった。おいしいジュースってどんなのだろう？　でもそのまえに人がいるのかなあ？

深里はその家の入り口に立ち、ゆっくりと中を覗き込んだ。

「すいません、誰かいませんか？」

返事はない。深里は少しずつ中に入っていった。客席は畳の座敷になっている。辺りを見回しても客の姿は全くない。奥には小さな厨房があったが、のれんが邪魔して中は見えない。しかしそののれんの掛かった厨房の入り口に精算用のレジが置かれ、その隣に缶ジュースが氷漬けにされている大きなボックスがあった。

深里はそのボックスの前まで行くと、のれんに手を掛けた。

「ごめんください、買い物したいんですけど」

やはり返事はなかった。深里はのれんを左右にかき分け、厨房の中に足を踏み入れた。大きな鉄板の上には焼きそばの細かいかすが散乱したままになっている。点けっぱなしのコンロの上にはおでんが煮込まれていていい香りがしている。部屋の隅にはラーメンの麺が入った製麺会社の社名入りのケースが山積みにされている。

誰かいる。人の気配がする。

それは深里の立つ位置からは死角になって見えなかった。いや、それが自ら死角になったといっても良かった。厨房に置かれたテーブル越しに、しかもテーブルの下に隠れるように横になっていた。温泉名の入った白いタオルをねじりはちまきにして、ノースリーブのランニングシャツにブルーの短パンをはいた、おそらくこの海の家の店主であろう。

深里でなくとも、きっと誰でも一目でわかったはずだ。それがもう二度と動くことはないということが。

男は死んでいた。

そしてそれは同時に、連続殺人事件の被害者が増えてしまったことを意味していた。男の額にはアイスピックでタロットカードが刺されていた。

逆さまの『Ⅳ・皇帝《エンペラー》』のカードが。

十一

「しかし君も災難だったね」

伊藤はまるで自分の家であるかのように、深里の家の居間でくつろいでいる。本人に言わせれば事情聴取という立派な仕事なのだが、母の美幸の出したお茶と茶菓子を遠慮なく頬張っている。

最初に出会ったときの伊藤のイメージとは大分違っていた。もっと厳格で、気難しい人かと思った。深里の方も口ではいろいろ文句を言っているが、伊藤に対しては大きな信頼感を抱いていた。つい気さくに接しすぎてしまって、今では同級生の友達と話すのと何ら変わらない言葉遣いで話してしまう。

「何で刑事って人たちは同じことを何度も何度も聞くのかしら。やっと帰れたと思ったらまたここに刑事がいるし、こんな朝早くから押し掛けてこないでよ」

「朝早くって、もう十一時過ぎだよ。いくら夏休みだからって、いつまでも寝てちゃだめだよ」

伊藤はだらしない娘を叱る親のように言った。深里はあきれて何も言わなかった。

深里は夏休みだからといっていつまでも寝ていたりするタイプの子ではなかった。学校に行く時間とほぼ同じ時間に起き、夏休みの宿題は毎日午前中に少しずつ終わらせ、午後はアルバイトをしたり、遊びに行ったりした。このような性格であるから、ほかの子のように八月の最終週になって宿題を徹夜で仕上げるようなことはしたことがなかった。

しかし今日は別である。昨日、あれから地元の警察署に呼ばれ、静岡県警の刑事からあれこれ質問された。店長の池澤と深里を残して、ほかのマッコイズのメンバーはいち早く帰宅した。二人は何度も繰り返される刑事たちの質問に、最初は丁寧に答えていたが、あまりにも同じことばかりを聞かれるので、最後の方は、はい、いいえ、でしか答えなかった。結局深里が帰宅したのは夜の十一時を回ったくらいだった。

池澤のささやかな願いが叶わなかった。せっかくここまでがんばってきた池澤も、こんなことがあってはさすがに何らかの処分が下るだろう。店舗での『遠足』の最中にスタッフが殺人事件の第一発見者になってしまった。それだけなら別に問題はないが、その後あんなことになってしまっては……。

「もう話すことはあっちの刑事さんに全部話したから何もないよ。それより今日はそっちの情報を教えてよ。私にも聞く権利あると思うんだけど」

深里は強気に言った。

「昨日の今日だから、まだ大した情報は持ってないよ。被害者は薄葉《うすば》博之《ひろゆき》、二十九歳、あの海の家の店主だ。死因は今までと同じ、ロープのようなもので絞殺されている。死亡推定時刻は、君が死体を発見した約二時間前。第一発見者はもうちょっとおしとやかだったらとってもかわいい女子高生。今わかってるのはそれくらいだ」

深里は伊藤を睨みつけた。

「おしとやかでなくて悪かったですね。で、例のタロットカードのことは何かわかったの？」

「それも現在捜査中。全くわからないことだらけで疲れる事件だよ」

伊藤は溜息をはいた。

そのとき、テーブルの上で激しい地鳴りがした。深里の携帯電話が激しい音を立てて振動している。バイブレーションモードになっていたからだ。

「もしもし」

深里はそう言うとすぐに、素早く立ち上がり、居間を出て階段を駆け上がり自分の部屋に入った。

綿貫浩太からだった。昨日、浩太はほかの人たちと一緒に強制的に帰宅させられた。深里と一緒に警察に行くと本人は申し出たが、引率の大羽麻里子に説得され、みんなと一緒に帰ることになった。深里が池澤とパトカーに乗り込む姿を今にも泣き出しそうな目をしてじっと見つめていた。それっきり連絡をしていなかった。深里は家に辿り着くと、どっと疲れが出て、すぐに横になってしまった。しかし昼間のあの光景が頭から離れず、なかなか寝就けなかった。やっとのことで睡眠に入れたのは明け方の四時過ぎで、当然浩太と話す暇などなかった。とは言っても、別に浩太とは付き合っているわけではないのだから、いちいち報告する義務などないのだが、そう割り切ることもできなかった。深里は自分の気持ちがわからなかった。

浩太は事件のことには全く触れなかった。ただひたすら深里の身を案じ、精神的なショックを和らげようと努めてくれた。

ほんの数分の話だった。深里の精神状態を案じてか、浩太は早めに電話を切った。

嬉しかった。デリカシーのかけらもないどっかの刑事とは大違いだ。

深里はうっすらと流れ落ちる涙を拭いて、その刑事の待つ場所へ戻った。

「彼氏からかい？」

「あんたには関係ないでしょ。それより話が済んだのならとっとと帰ってよ。私も暇じゃないの、あんたの話し相手になってばかりいられないの」

深里は少し強めの口調で言ったつもりだったが、伊藤は全く気にしていない様子だった。

「じゃあ、最後に一つ聞かせてくれ。松井彩子はどうしたんだ？」

どうしたもこうしたもない。それを一番聞きたいのは深里の方だった。彩子の指示で深里はあの海の家に行った。そこであの死体を発見したのだからどう考えてもおかしい。それに彩子のあの豹変ぶり、まるで別人のようだった。

「私が警察を呼ぼうと、みんなのところに帰ったときにはもう……」

その後、松井彩子は姿を消していた。

十二

平日だというのに町田の中央図書館は大変な混雑ぶりだった。フロアーの至る所で小学生くらいの子供たちが何人かのグループに分かれてざわついている。夏休みのグループ研究か何かだろう。また、自習室はまだ午前中だというのに大学受験を控えた学生や浪人生たちで満席になっている。受験生にとっては「勝負の夏」、彼らはこの空間で来年の春、笑って新学期を迎えることができるように必死で戦っている。

弘光深里は閲覧用のテーブルでひたすら調べものをしていた。テーブルには深里が読んでいる本のほかに二冊の本が重ねられている。どれも小さな本で厚さもそれほどない。それらはすべてタロットカードに関する文献であった。

昨日の夜のことだった。深里はなかなか眠りに就けず、ベッドの中で一連の連続殺人事件を振り返っていた。

まず第一に、もっとも気に掛かるのは、犯人はなぜあんな殺し方をするのか？　ロープのようなもので絞殺したのなら、それで終わりで良いではないか。なぜタロットカードを残す必要があるのだろうか？

第二に、連続殺人でありながら残されたタロットカード以外に被害者たちの共通点が見つからない。

第三に、最初の被害者の佐藤晃子は一年前、深里と同じマッコイズで働いていたという。しかし誰も彼女のことを覚えてないのはなぜだろう？

深里は横になったまま天井を見上げ、もう一度ゆっくりと整理してみた。

佐藤って子、去年うちの店にいたっていうけど……。あれ？　何かひっかかる。

深里の頭の中に一筋の閃光が走り抜けた。

そういえば、第二、第三の被害者の竹澤真理と前田歩は都立成川高校だと言っていた。四番目の薄葉博之に関してはまだ情報が少なすぎてつながりが見つからないが、きっとどこかでつながるはずだ。

一年前……。マッコイズ……。タロットカード……。成川高校……。間違いない、あの子だ。でももうあの子は……。

深里は机の一番下の引き出しに所狭しとしまわれている何枚もの小さな携帯用のアルバムと、バラバラに放り込まれているすべての写真にくまなく目を通した。

あった。この写真……。

それは佐藤晃子が持っていた写真と同じものだった。いや、正確にはちょっとそれとは異なった。写真の中央には佐藤晃子がピースサインをして写っている。向かってその左には深里がいつもの笑顔で写っていた。晃子の持っていた写真はここまでだった。しかし深里の写真にははっきりと写っている。晃子の右側に写るおとなしそうな少女が……。

深里は急に激しい頭痛に襲われた。立ち眩みがして動けなくなった。

少しして痛みがひいて落ち着いた。そして思い出した。写真に写るその少女のことはもちろんだが、佐藤晃子のことも。

深里は考えられないような不思議な気持ちでいっぱいだった。

何で私、晃子のこと……。あんなに仲が良かったのに、忘れるはずがない。でも確かに思い出せなかった。伊藤に写真を見せられたとき、誰だかわからなかった。一体私、どうしてしまったのだろう？


深里は今自分ができることを考えた。被害者の交友関係や、私生活を知りたかったが、一女子高生がそんなことを調べられるわけがない。そういう捜査は警察に任せて、あとから伊藤に聞こうと思った。だから深里はタロットカードについて調べることにした。

『タロットカードは不思議な力をもっている。タロットカードにわからないことは何一つない。』

よくあの子が言っていた。深里も興味本位に一度だけ占ってもらったことがある。来年中に自分の人生に大きな影響を与える男性と巡り会う、そう言われた。深里は占いというものをあまり信用する質ではなかったのですっかり忘れていたが、いざ思い出してみると少しは気にしてしまう。

運命の人かあ。誰のことだろう？

深里は自分の交友関係を思い浮かべ、数少ない男性の知人たちを考えてみた。真っ先に綿貫浩太が頭に浮かんだ。

やっぱり彼のことかなあ？

ほかにも数人の友人たちを思い浮かべたがどうもしっくりこない。そして、一番最後にもっとも浮かんで欲しくない顔が深里の脳裏を駆け抜けた。遠慮知らずのデリカシーのない刑事だった。深里は渋い顔をしてすぐにその顔をどこかに振りきった。

占いなんて当たるわけないし。

時と場合によって信じたり、信じなくなったりする。占いにとってみれば迷惑なことである。何にしても深里のタロットカードに関する知識といえばこの程度であった。だからこうして図書館に足を運び、徹底的に調べることにしたのである。

タロットカードがいつどこで生まれたかは定かではないが、十四世紀のイタリアで『タロッコ』と呼ばれるカードゲームが存在したことは証明されている。これがタロットカードの起源とされる説がもっとも有力である。

カードの枚数は七十八枚、うち、大アルカナカードと呼ばれる主要カードが二十二枚、小アルカナカードと呼ばれる附属カードが五十六枚である。

深里はその文献を見ながら思った。

とりあえず今回の事件に小アルカナカードは関係なさそうだ。死体に刺されていたのはすべて大アルカナカードだし。大アルカナカードを中心に調べてみよう。

小学生達のざわめきはひどくなるいっぽうだった。先ほどよりも人数が増えている。しかし深里にはその騒音も全く耳に入らなかった。それだけ真剣に読書に没頭していた。

タロットカードがこんなにも奥の深いものだとは思わなかった。読めば読むほどはまっていく。

いつしか深里はタロットカードの虜になっていた。

もっとじっくり分析したかった。深里は三冊の本すべてを借り、家でゆっくり読むことにした。幸い夏休みのおかげで時間はたっぷりある。宿題も順調に消化してきたので読書をするには十分すぎるほどの時間があった。深里の好奇心は最高潮であった。ワクワクしながら図書館をあとにした。

十三

偶然とは恐ろしいものである。深里は伊藤に会いたかった。とはいっても別に深い意味があるわけではない。捜査の進展状況を知りたかったからである。深里のなかで今回の事件についてある仮説が立っていた。それは昨日の夜のひらめきに始まり、先ほど図書館でタロットカードを調べていくうちにほぼ確信に変わった。しかし依然として腑に落ちない点もあった。それを解消したいがために伊藤に会いたかったのだ。

図書館を出た深里はまっすぐにバスターミナルに向かった。一秒でも早く家に帰りたかった。帰って冷たいジュースでも飲みながら、この本たちを熟読してやりたかった。

外は相変わらずの灼熱地獄、まだ少ししか歩いていないのに深里はシャツが汗でべとつく嫌な感覚を覚えた。

「ねえねえ、一緒にカラオケでも行かない?」

深里の背後からなれなれしく声を掛けてくる男がいた。深里は振り返りもせずに、その声を無視して早足で歩き出した。もちろんナンパされるのは初めてではない。しかし深里の性格上、ナンパしてくるような男は大嫌いだった。

「冷たいなあ、無視することないじゃん」

男は深里の急ぐ歩調に合わせてまだついてくる。

「しつこい」

深里は男を睨み付けた。

その瞬間、深里は全身の力が抜けた。

「偶然だね。何してるの？」

伊藤誠一郎はポロシャツにチノパン、ナイキのスポーツシューズといった格好で微笑んでいる。

「馬鹿じゃない？　そんな若作りしちゃって。しかもナンパの真似までして」

「別に若作りなんかしてないよ。いつも非番の日はこんな感じだよ。それにほら、この靴見てくれよ。エアマックス95だぜ、しかもイエローグラデーションは凄いプレミアものなんだよ。去年一部の地域で流行っただろ？　『エアマックス狩り』ってやつが。だからこれはそのおとり捜査も兼ねてるんだ」

深里は本気で思った。狩られちゃえばいいのに、と。

「君もせっかくかわいいんだからもっと垢抜けた格好すればいいのに」

「余計なお世話です。私の服装にまで指示しないでください」

深里はブルーのボタンダウンシャツにベージュのパンツといった格好で、その上にジャケットでも羽織ればパンツスーツのOLだといっても通用しそうな少し堅めのファッションである。

道行く周りの女子高生たちは髪を茶色や黄色に染め、肌の露出が激しいキャミソールを着ている。髪にはなぜか、みんながみんな花を付けている。

深里は流行に流されるのが嫌いだった。友達が皆していることでも、自分が納得いかなければ絶対に影響されることはなかった。周りと同じであることに安心感を覚える同年代の女の子たちとは異なり、深里は自分をしっかりもっていた。

「キャミソールを着ろとは言わないから、あの花くらい付けてみれば」

伊藤はPHSを片手に大声で話しながら通り過ぎる三人組の女子高生を指さして言った。

「好きじゃないの、ああいうの」

「いや、きっと似合うよ。買ってあげるよ」

伊藤は路上に店を出している、明らかに違法販売をしている外人と親しそうに話している。

「いろいろあってわかんないや。ねえ、どれがいい？　選んでよ」

路上に置かれたテーブルの上に色とりどりの華やかなそれはあった。

深里は近くまでは行ったものの困惑しながら言った。

「だからいらないって言ってるでしょ。もう行こうよ」

伊藤は全く聞いていなかった。

「これなんか似合うんじゃないかな？」

伊藤はピンク、ブルー、イエローの三色を基調とする小さめの花を手に取ると、深里の髪に当てながら言った。

「よし、これにしよう。これちょうだい」

千円札を出してお釣りをもらった伊藤は深里に早速付けろと促した。

深里は状況的に付けざるを得なかった。周りの友達がみんな付けていたせいもあり、全く興味がなかったわけではない。

「似合う似合う。かわいいよ」

伊藤は手を叩いて喜んでいる。

深里は店先に置いてあった四角い鏡を覗き込んだ。今どきの女子高生だった。

自然と笑みがこぼれ落ちた。


「ありがとう」

深里は素直にそう言った。伊藤は嬉しそうに笑っている。

二人は駅前の喫茶店で少し話をすることにした。

「今日は休みなの？」

「ああ、でもどっちにしろ君の家へ行こうと思ってたんだ。話したいことがあってね」

「話したいことって？」

「この前の海の家の事件のことだよ」

深里は急に現実に引き戻された気がした。

「私も話したいことがあるんだけど、まずそっちから教えて。薄葉博之のことでしょ？」

「よくわかったな。そう、その薄葉なんだけど、一年前は違う仕事をしていたんだ。聞いたら驚くぞ、何だと思う？」

伊藤のじらすようなその言い方に深里は腹を立てて言った。

「もったいぶらずに教えてよ」

「教師をしてたんだ。高校で日本史を教えていたんだが、去年の年末に急に教師を辞めている。学校側の話だと、実家の海の家を継ぐからというのが理由だそうだ」

深里は思い詰めたかのように一点を見つめて動かなかった。深里のなかでバラバラだった点が一本の線でつながれた。この質問の答えは別にわかっていることであったが、確信を得るために深里は聞いた。

「薄葉が教師をしていた学校ってどこなの？」

伊藤は一呼吸おいて答えた。

「都立成川高校だ」

深里は驚かなかった。

最初の被害者、佐藤晃子はマッコイズ町田青葉店で働いていた。そして第二、第三の被害者、竹澤真理と前田歩は成川高校の生徒。四番目の薄葉博之は成川高校の教師。

「私、すべての被害者と関わりを持つ人を知ってるの」

深里は真剣な眼差しで言った。

「何だって？　誰だよ？　どこにいるの？」

伊藤は明らかに冷静さを欠いている。こんなに動揺している伊藤を見るのは初めてかもしれないと深里は思った。

「いないよ」

深里は無表情に言った。

「いないってどういうこと？」

今度は伊藤がじれったがっている。

「去年の冬に自殺したの。だからもういない」

伊藤の顔に落胆の色が見えた。

「死んでたら一連の殺人事件は起こせないでしょうが。変なこと言わないでくれよ」

「でもね、私さっき図書館でタロットカードを調べてて不思議なことに気付いたの。それでピンときたのよ」

深里は大アルカナカードの説明を読んでいて気が付いた。この事件の始まりは去年の冬からだということに。

第一の事件、佐藤晃子の顔には『Ⅰ・魔術師《マジシャン》』のカードが残されていた。そして第二の事件から『Ⅱ・女教皇《ハイプリースティス》』、『Ⅲ・女帝《エンプレス》』、『Ⅳ・皇帝《エンペラー》』とカードは連番で残された。当然、深里は大アルカナカードの説明の最初のカードは『Ⅰ・魔術師《マジシャン》』だと思っていた。しかし最初のページには『0・愚者《フール》』と描かれたカードの説明がなされていた。

今回の事件は『Ⅰ』が始まりではなかったのだ。『0』が始まりだったのだ。『0』から始まったのだ。

「しかし死んだ人間に人は殺せないだろう。君も知っての通り、被害者の死因は全員ロープのようなものでの絞殺だ。指紋こそ残ってないが、これは生きた人間の犯行だ」

伊藤の断言に深里は反抗するように言った。

「でも四人の被害者に共通するのは彼女しかいないのよ。去年マッコイズで働いていて、高校は成川高校に通っていた。タロットカードが大好きで私も占ってもらったことがあるし」

伊藤は信じられないといった表情を浮かべている。しかし深里は確信していた。あの子が何らかの手を使って今回の事件を起こしているのだ。

高桑想子《たかくわそうこ》、あの子しかいない。

十四

弘光深里、高校一年の七月のことだった。五月の連休からアルバイトを始めた深里はやっと仕事に慣れてきた。自分だけの力でお金を稼ぐということがこんなにも大変なことだとは思わなかった。

一番最初に習ったことは手を洗うこと。カウンターに立ってオーダーを受け、笑顔で接客する。ときにはフロアーを回り、お客様と話をしたりしてできる限りのサービスをする。深里はそんな華やかな場面だけを想像していたが、実際にそのような仕事をするのはずっと先のことだった。

次に習ったことは、教科書のような本を渡されて、接客用語を頭にたたき込むことだった。ほんの数ヶ月前まで中学生だった深里にとって、「かしこまりました」、「恐れ入ります」、「左様でございます」などといった言葉は外国語だといってもいいほど縁のない言葉だった。

接客用語を覚えた頃、やっと実践の仕事を教えてもらった。しかしまずはドリンクの作り方、先輩が取ったオーダーのドリンクのみをひたすら作った。最初のうちはサイズを間違えたり、氷を入れすぎて溢れさせたりと失敗だらけだった。何とか間違えずにドリンクを作れるようになった頃、次の仕事を教えてもらった。

先輩たちのように接客ができる。深里は胸を弾ませたが、残念ながらこの希望は粉々に砕かれた。

フロアーに出ての仕事だった。客席のテーブルと椅子をきれいに拭きあげる。備え付けられた『サンキューボックス』と呼ばれるゴミ箱のゴミ袋の交換、回収したトレー拭き、そして灰皿の交換、すべて雑用としか思えなかった。

アルバイトを始めて二週間が経とうとしていたある日のことである。

「弘光さん、カウンター受けてみましょう」

研修中ずっとトレーニングについてくれている『トレーナー』と呼ばれる先輩が言った。深里は誰とでも快く話ができ、決して人見知りするタイプではなかったが、お客様と話をすることがこんなにも緊張するとは夢にも思わなかった。

『POS』と呼ばれる商品を打ち込むレジを押す手が震えていた。初めて注文を受けたお客様の顔は今でもはっきり覚えている。商品を手渡したあと、「がんばってね」と声を掛けてくれた若いサラリーマンだった。深里のぎこちない接客に一目で新人だとわかったのだろう。

「そんなに緊張しなくていいよ。リラックス、スラックス」

先輩はそう声を掛けてくれたが、とてもそんな余裕はなかった。ただひたすら教えられた接客用語を繰り返し、POS画面の商品を間違えないように押す。その動作の繰り返しだった。

先輩たちは皆笑顔を絶やさず、臨機応変にお客様に対応している。

深里は楽しくてしようがなかった。まだ仕事はさほどできるわけではないが、『社会』というものを感じることができ、更に、負けず嫌いの深里は、絶対に先輩たちくらい仕事ができるようになってやるという目標があった。そのやる気を買われた深里は次から次へと新しい仕事を教えてもらった。

夏を迎える前までには、深里は新人アルバイトを教える立場『トレーナー』になっていた。


「これタロットカードでしょ？　できるの？　良かったら占って欲しいなあ」

その少女はこちらを見てかすかに笑みを浮かべるだけで何も答えなかった。

それは当日いきなり言い渡されたことだった。

「弘光、今日は新人のトレーニングについてくれ。初日だからしっかり頼むよ」

店長の池澤は書類のファイルを抱えながら、深里を見つけて言った。

「年は？　何歳の子ですか？」

「君と同じ高一、初めてのバイトだって言ってた。同級生だからって甘やかさないようにな、厳しく頼むよ」

深里はほっとした。新人を教えるのはこれで三人目であったが、一人目も二人目も深里より年上だった。二人目に至っては厄介な女子大生だった。仕事の間違いを正すために深里がちょっとでも厳しいことを言うと、何でこんなガキにこんなこと言われなきゃならないの、という目をする。とてもやりにくかった。しかし今日は深里と同い年の女の子だ。友達になろうと深里は心に決めていた。

深里は更衣室までその少女を迎えに行った。

最初に自己紹介して相手のことをいろいろ聞いてみる。このときは決して仕事の話をしない。初日で緊張している相手を余計緊張させてしまうからである。初日のトレーニングのマニュアルは以上のようになっている。最近まで教えられる立場であった深里は新人の気持ちがよくわかる。だから少しでも緊張をほぐしてあげようと思った。

クーラーの効いた更衣室は涼しすぎるくらいだった。少女は鏡に向かってバイザーを何度もかぶりなおしている。

「前髪が落ちてこないように左右に流してピンで止めるといいよ」

深里が声を掛けると少女は、ビクッと体を震わせて振り返った。

きれいな子だった。おとなしそうで少し冷たい感じのする子だったが、深里は何となくその子を好きになった。

「驚かしてごめんね。今日あなたのトレーニングを担当します、弘光深里です。同い年だから仲良くしようね。お名前は？」

「高桑想子」

想子は緊張しているのか、蚊の泣くような小さな声で言った。

「想子ちゃんかあ、いい名前だね。どういう字書くの？」

「想《おも》う子」

想子は相変わらず無愛想に答えた。深里は想子の足元に置いてある黒いリュックが目に入った。どこにでもあるナイロン製の小さなリュックの口が開けっ放しになっている。その中にトランプより一回り大きめのカードの束が見える。

タロットカード？

深里は会話のきっかけにと、そのカードについて聞いてみることにした。


何よ、あの子。冗談じゃないわよ。

深里は不愉快でならなかった。しかし仕事は仕事だ。深里は気持ちが態度に出ないように気を付けた。

深里は想子のトレーニングをしていた。お決まりの通り手の洗い方を教え、店舗の中を案内していた。それでもやはりこの腹立たしさはどうしようもなかった。

深里があの質問をした直後のことだった。想子は鬼のような顔をして、リュックの口をあわてて閉め、そのままドアの前に立つ深里を突き飛ばして更衣室から出ていった。深里は何が何だかわからなかった。尻餅をついたまましばし呆然としていた。

想子は決して仕事のできるタイプではなかったし、物覚えも決して早い方ではなかった。深里が何かひとつ教えても、それをこなせるようになるまで人の倍の時間を要した。しかし初日に新人を怒ることは堅く禁じられている。深里は感情をぐっと抑え、何とかその日を終えることができた。

深里はスタッフルームで想子に今日一日の復習と反省をしていた。

「さっきはすみません。更衣室で……」

初めて想子の方から口を開いた。

「別に気にしてないけど、でも何で？」

気にしてないというのは嘘であるが深里はあえてこういう聞き方をした。

「大切なものだから。触ろうとしてたから、つい……。ごめんなさい」

想子は深々と頭を下げている。

深里は想子のその姿を見てさっきまでの怒りはどこかに吹き飛んでしまい、逆に何だか申し訳ないことをしてしまったように思えてきた。

「私もそんな大切なものだとは知らなかったから、ごめんなさい」

「いいの、あなたいい人だから。もし良かったら占ってあげようか？」

それ以来、深里と想子は仲良くなった。一緒に買い物に出かけたり、映画を見たり、深里の家に泊まりに来たこともあった。普通の高校生と同じように学校の話をしたり、恋愛の話をしたりした。

二学期が始まり、二週間が経ったときのことだった。夜の九時過ぎに想子がいきなり、深里の家に訪ねてきた。

想子は何も話さなかった。夜になると涼しい風が心地良い季節になろうとしていた。深里は何を話していいかわからなかった。

「どうしたの？　何かあったの？」

無言の空間に耐えられなくなった深里が聞いた。想子は黙って下を向いている。

そのままどれくらいの時間が経っただろうか。想子は意を決したように顔を上げ、深里を見つめて言った。

「私……、不思議な力があるの？」

「不思議な力？」

深里は眉をひそめて聞いた。

「だから私……」

想子が言いかけた瞬間、深里のＰＨＳが鳴った。

「あっ、ごめん。すぐ切るから」

深里は通話ボタンを押して、話し始めた。

「もしもし？　あっ、恵、どうしたの？」

夏休み中に入ってきた新人アルバイト、関口恵からであった。

想子は黙って立ち上がると部屋を出ていこうとしている。

「想子、ちょっと待って。恵、ごめん、あとでこっちから電話するから」

『想子と一緒にいるの？　気持ち悪い』

恵はそう言うと、恵の方から電話を切った。想子はマッコイズのなかでは浮いた存在だった。その性格から誰とでも仲良く話ができるというタイプではなかった。というよりも、限られた人としか話をしなかった。当然、一部の人たちは彼女に近づかなくなった。恵もその一人だった。想子の数少ない友達の深里と佐藤晃子は、想子はみんなが思っているような子ではないし、話してみるととても良い子だということを周りに訴えたが、「あの子は気持ち悪い」と聞き入れてくれなかった。

恵が電話を切ると、深里は階段を駆け下り、想子を追った。玄関に出しっ放しの父親のサンダルを引っかけて外に出た。

想子の姿はなかった。

そのときから、想子は行方不明になった。

深里が次に想子に会ったのは、街がイルミネーションに彩られ、クリスマスツリーが至る所に飾られた、十二月の上旬のことだった。

父親は放心したように下を向いて座っている。母親は先ほどからずっと泣き続けている。

その想子はもう何も語らなかった。

二年前、想子の姉が交通事故で亡くなっていた。人間の最大の親不孝は、親より先に死ぬことである。親不孝の子供を二人も持ってしまった想子の両親のやるせなさは、決して他人にはわからないだろう。

棺に花を添えながら、深里は溢れ落ちる涙を拭き、考えていた。

あのとき、想子は何を言いたかったんだろう？　あのとき、私がちゃんと話を聞いてあげてたら、こんなことにはならなかったのではないか。

想子は山梨県の小淵沢の山奥で見つかった。

自殺だった。

十五

八月の暑さは衰えというものを知らなかった。日中のクーラーの効いていない部屋といえば、まさに無料で体験できるサウナである。それでも手塚華子《てづかはなこ》はあえてそのサウナにいることを選んだ。ここ四日間、このサウナから出たのはトイレに行くときだけで、食事は母親に部屋まで運ばせた。

華子はタオルケットをかぶり全身を包み込みながら、亀のように身を丸めてぶるぶると震えていた。

母親もこの状態が四日も続いたとなれば、さすがに心配になり何度も華子の部屋に足を運んだ。しかし声を掛けても追い返されるだけだった。

その日も母親はパートに出かける前に華子の部屋に顔を出した。

「華ちゃん、ママ仕事に行って来るからね。具合が悪いんだったら、ママ帰ってきてから一緒に病院行こう。ね？」

華子はベッドの上にうずくまったまま、顔も見せずに怒鳴った。

「うるさい。私のことは放っといて」

母親は心配で仕方なかったが、これ以上しつこくしてもしようがないと思い、渋々出かけることにした。

華子は相変わらず震えている。

楽しい夏休みになるはずだった。高校二年生の手塚華子にとって、この夏休みは高校生活最後の夏休みといっても過言ではなかった。来年は三年生、受験勉強に必死になっている頃だろう。

何ヶ月も前からこの夏休みのプランを立てていた。旅行、海、キャンプ、遊園地、映画、様々なレジャーが華子の頭に浮かんだが、結局一つの結論に達した。

お金がない……。

今の世の中、金をかけずに遊べるものなど限られている。華子が頭に思い浮かべたものはどれもこれも金のかかることばかりだった。

バイトしなきゃ。でもバイトしてお金が貯まった頃には夏休みが終わっちゃう。

そんな時、華子は天の恵みとも思えるような幸運な知らせを聞いた。父親が八月の上旬から約一ヶ月間、海外に出張するという。

華子は飛び上がって喜んだ。

華子が薄葉博之との交際を始めてから一年が経とうとしていた。

最初は単なる教師でしかなかった。しかし、華子が高校一年の一学期、中間テストで赤点を取ってから気持ちが少しずつ変わりだした。日本史の赤点は学年で華子一人だった。当然、補習と追試が待っていたが、それらは薄葉と一対一で行われた。日本史の話以外もたくさんした。薄葉博之は二十九歳、華子とは十三歳の年の差がある。しかしなぜかとても話が合った。華子は薄葉と一緒にいる時間に胸の高鳴りを感じた。

一学期の終業式の日、華子は車で帰路に就こうとする薄葉を待ち伏せし、思いを告白した。あのときの緊張は今でも決して忘れることができない。薄葉は少し戸惑っていたが、結局承諾してくれた。しかし教師と生徒、人に知られては薄葉の立場が悪くなる。決して他言しないでくれと華子は釘を刺されていた。

年末に薄葉は教師を辞めた。本人は家業を継ぐためだと言っていたが、華子はそうは思えなかった。

あの子のせいだ。

伊豆の白浜海岸で海の家を営む薄葉と、距離こそは離れてしまったが、その思いは決して変わることはなかった。

夏休みに入る前、薄葉から連絡があった。夏休みの間伊豆に来て、薄葉の海の家で住み込みのアルバイトをしないかという誘いだった。華子は行きたかったが、現実にはそれはあきらめざるを得ないことだった。華子の父親は厳しい人だった。一昔前の熱血スポ根アニメに出てくるような父親そのものだった。華子は一度だけ門限を破って帰宅したことがある。つい友達との世間話に花が咲き、時間を忘れてしまった。滴る汗も気にせずダッシュで家まで帰ったが、門限の八時を五分過ぎていた。玄関の外に父親が仁王立ちで待っていた。言葉はなかった。いきなり父親の分厚い手の平が華子の頬に直撃した。相当痛かったはずだが痛みを感じる間もなく次の瞬間、髪の毛を引っ張られて家の中に連れ込まれた。父親の説教は朝方まで続いた。

その厳格な父親が、海の家での住み込みのアルバイトなど許すはずがない。華子はその誘いを断わらざるをえなかった。

しかし今、状況は変わった。

あの鬼がいなくなれば……。

まさに鬼の居ぬ間の何とやらである。幸い母親は華子に甘かったので何も言わないだろう。華子はすぐに薄葉に電話をし、八月の上旬から住み込むことを伝えた。華子は期待に胸を膨らませ、幸せの絶頂だった。しかしその幸せは訪れることはなかった。薄葉は死んだのだ。いや、殺されたのだ。


次は私だ。あの子に殺される。

華子はもちろん恋人の死を悲しんだが、それよりも自分の身の危険を案ずることの方が先決であった。

真理と歩が殺され、彼まで殺された。次は私しかいない。私たちがあの子にしたこと……。死んでも死にきれないんだ。呪い殺される……。

竹澤真理と前田歩があんなかたちで命を落としてから、華子は気になってはいた。しかし、まさかそんなことがあるわけがないと思っていた。いや、そう思いたかったのだ。しかし、恋人の薄葉博之の死の知らせを聞いたとき確信した。

高桑想子の怨念だ……。


付き合い始めて一ヶ月の記念日だった。華子と薄葉は夏休みを利用して朝からドライブに出かけた。湘南の海岸沿いには路上駐車をしている車が長い列を作っている。海岸は人でごった返し、砂浜が見えないくらいである。海岸沿いを走り抜け、鎌倉の鶴岡八幡宮を横目に、町田方面に帰ろうとしていた。時間はまだ夕方の四時過ぎ、門限までは随分余裕があった。二人を乗せた車は、保土ヶ谷バイパスを抜け、国道一六号線に入ろうとしていた。東名横浜インターチェンジの辺りを通ると、まだ夕方だというのにネオンサインをチカチカさせたお城のような建物が、こんなに必要なのかと思えるくらい建ち並んでいる。そのうちの一つに薄葉の運転する車は、入り口の大きなカーテンのようなものを振り分けて入っていった。まだこんな時間だというのに、駐車場はほぼ満車状態である。何とか空いているスペースを見つけ、そこに車を停めた。

車から降りると、薄葉は華子の手を取り、何も言わずに入り口に向かった。

入り口のすぐ横に一組のカップルがいた。男はヘルメットをかぶりバイクにまたがり、エンジンを吹かしている。

こんなところにバイクで来る人もいるんだ。

不思議そうな目で華子はそのカップルを見た。後部座席にまたがり、ヘルメットをかぶろうとしている女に目をやると、その視線を感じてか、女も華子の方を見た。目と目が合ったとき、華子は驚きで呆然と立ちつくした。隣の薄葉も同じように立ちすくんでいる。

高桑想子だった。

想子は何の表情も浮かべずヘルメットをかぶると、準備ができたとばかりに前方に座る彼の肩をぽんと叩いた。バイクはけたたましいエンジン音をたてて動き出し、やがて見えなくなった。

二人はしばし呆然とした。

「まずいな」

先に言葉を発したのは薄葉の方だった。華子は意を決して言った。

「私が口止めする。どんな手を使ってでも絶対口外させないから。あの子、クラスでいじめられてるんだ。真理と歩が特に凄いんだけどね。だからどうせあの子、話をする人もいないし。大丈夫だから、心配しないで」

学校内でいじめがあるという衝撃的な事実を、薄葉はこのとき初めて知ったが、そんなことはどうでもよかった。今は自分の立場を守ることしか考えられなかった。

二学期に入ってすぐ、華子は竹澤真理、前田歩の率いるいじめグループに参加し、想子にひどいことばかりをした。今の時代のいじめは、上履きを隠したり、机の上に花瓶を置いたりというような生易しいものではなかった。トイレに入った想子を見つけると、上からバケツで水をかけた。想子とすれ違うときは、必ず腹にパンチを入れた。髪の毛をライターで燃やすことなど日常茶飯事だった。

華子はこんなことくらいでは怒りがおさまらなかった。あのホテルで出会ってしまった日の夜、早速想子の家に電話をかけ、今日のことは誰にも言わないように口止めをした。それで万事問題ないと華子は思っていた。しかし二学期の始業式の日、そのことが友人の間で話題になっていた。みんなおもしろ半分で華子にそのことを聞いてきた。

これほどの憎しみを感じたのは生まれて初めてだった。薄葉もその噂のせいで教師たちから白い目で見られ、完全に孤立してしまっている。薄葉もまた、想子に激しい怒りを感じていた。その怒りのやりどころに困った薄葉は、生活指導室に想子を呼び出し、殴る蹴るの暴行を働いた。

想子は学校に来なくなった。真理と歩はいじめのターゲットがいなくなりストレスをためていたが、華子はせいせいしていた。

電話が鳴っている。華子の部屋の子機も少し遅れて鳴り出した。ベッドにうずくまったままの華子は、ただ震えているだけで、出ようとはしなかった。電話は一度切れたが、またすぐに鳴り始めた。華子は頭からかぶっているタオルケットを少しだけめくり、顔だけを出した。

えっ、今何時？

華子は電話の音など耳に入らなくなった。つい先ほど母親が仕事に出かけたばかりなので、まだ午前中なのは間違いない。

部屋の中は薄暗かった。最初は電気を点けていないせいかと思ったが、真夏のこの時間はカーテンの合間から差し込む光だけでも、相当明るいはずだ。華子は恐る恐る上半身をベッドから起こし、タオルケットを少しずつめくった。

半袖の薄手のパジャマ姿の華子にとって、それは耐えられない寒さだった。そして信じられないことは立て続けに華子を襲った。

華子はタオルケットでその身を覆うと、カーテンを開け、窓の外の空気に触れることにした。そっと窓を開けたとき、華子は言葉を失った。

雪？　吹雪だ。どうりで寒いわけだ。

華子はこの異常な寒さの理由には納得した。しかし雪が降っていることにはもちろん納得できなかった。今は八月、連日の猛暑で日射病で倒れる人が続出していることを新聞やニュースが伝えている。

華子は吹き付ける雪をよけようともせずに窓の外の一点を見つめていた。

足音がした。誰かが階段を上がってくる。一歩、一歩板がきしむ音が聞こえる。階段を上りきったのか、しばしの静寂が訪れた。窓からは相変わらず、雪が降り込んでいる。

華子の部屋のドアノブがゆっくりと回っている。華子は振り返ろうとはせず、窓の外を眺めている。

ドアがゆっくりと開けられた。

十六

その日マッコイズ町田青葉店は普段にない忙しさに、スタッフ全員てんてこ舞いだった。お盆時期ということも手伝って、田舎に帰らない家族がたいてい暇を持て余してやってくる。父親もせっかくの休みをどこかのレジャー施設に連れて行って疲れるのはご免であるが、どこにも連れて行かないわけにもいかない。そこで、このような散歩がてら来られるところに、家族そろって昼食をとりに来る。この時期の定番である。

更に今日は幸か不幸か、『BP』が二件も入っている。『BP』とはバースデーパーティーの略で、小学生以下の子供の誕生会を店舗で行うというものである。誕生日の当事者と、その友人を何人か集めてパーティーを行う。母親としては家を片付けなくて済むし、料理を用意しなくて済む。ケーキやプレゼントまで用意してくれるし、司会進行のお姉さんまでついてくれる。それでいて費用は注文した商品とケーキの値段、それに一人百円程度の席料だけ、こんなにありがたいことはない。

深里はその日、『BP』の進行役を任されていた。子供が好きな深里にとってこの仕事は嫌いではないが、普段の仕事の倍以上のエネルギーを消費する。それはひとえに気疲れからくるものだった。子供というものは基本的に自由に生きている。自由に話し、自由に走り出す。その子供たちをまとめるのは重労働であった。

それは、深里の進行の悪さからではなかった。小学二年生の子供が十人、深里には手に負えなかった。予定の終了時刻より三十分ほど延長していた。

「お姉さん、バイバイ」

子供たちが手を振りながら店を出ていく。深里も最後の力を振り絞り、笑顔で手を振った。今日の誕生会の主役の男の子の母親が、深里に頭を下げて礼を言った。一緒にチップを手渡そうとしたが、深里は受け取れない旨を伝え、丁寧にお辞儀をして今日の仕事を終えた。

「お疲れさま」

伊藤誠一郎は今日は仕事中だからか、スーツ姿できめている。今日はいきなり現れたわけではない。朝早く深里は電話でたたき起こされ、会う約束をさせられた。話によると、また殺人事件があったという。深里はアルバイトが終わる時間を告げ、店まで来てもらうことにした。

「なかなかさまになってたじゃん。幼稚園の保母さんみたいだったよ」

『BP』が三十分延長したために、伊藤はその間フロアーでアイスコーヒーを飲みながら、深里の仕事ぶりをずっと見ていた。

「よしてよ、私まだ十七よ、保母さんみたいだなんて」

仕事を終え、着替えをした深里は店の客席でアップルジュースを飲みながら、伊藤と話をすることにした。どこかに出かけてもよかったが、今日の『BP』の記録を専用のノートにまとめなければならなかったので、伊藤との話が済んだ後、再びスタッフルームに戻るつもりだった。

「朝刊で少し読んだけど、今回も一緒なの？」

少し疲れた表情を見せながら深里が聞いた。

「被害者は手塚華子、成川高校の二年生、竹澤真理、前田歩とはクラスメイト、そして薄葉博之とは恋人同士だ。死因は例によってロープのようなもので首を絞められているが、依然その凶器は見つかっていない。それから、また残っていたよ、額にね。『V・法王《ハイエラファント》』のタロットカードが逆さまに」

伊藤はそう言うと、氷が解けて薄まったアイスコーヒーを一気に飲み干した。

「じゃあ、今回も想子が……」

深里のその言葉を制止するかのように伊藤が言った。

「ちょっと待ってくれ、その高桑想子のことだけど、こっちでも調べてみたんだけど、去年の十二月に確かに自殺している。死亡記録も残ってるし、それに何より君は彼女の葬式に行ったんだろう？　そこで彼女の顔を見たんだろう？　彼女は死んだんだ。死人に人は殺せない」

「それはわかってるけど、でもあの子しか考えられないのよ。きっと怨念のようなもので……」

伊藤はあきれた顔をして溜息をついた。

「怨念で人が殺せるんだったら呪い殺せばいいじゃないか。被害者はみんな首を絞められて死んでるんだぞ」

そう言われると、深里は何も言い返せなかった。伊藤の言うことがもっともだからである。だが深里は理屈では考えられない何かを感じていた。しかしこれ以上この話で伊藤とぶつかり合ってもしようがないと思った深里は、質問を変えた。

「想子は本当に自殺だったのかなあ？」

「それは間違いない。死体は司法解剖されているし、その記録を見たが、どこにも怪しいところはなかった」

「じゃあ、何で想子は山梨なんかに行ったの？　失踪してから自殺するまではどこで何をしてたの？」

「その辺は全くわからない。当時もそのことは調べたらしいんだが、想子が失踪してから死体で発見されるまで彼女を見かけたという人物は一人もいなかった。まあとにかく、司法解剖の結果、自殺と認められたわけだから、そこで捜査は打ち切りだよ」

お手上げとばかりに両手を上げて伊藤が言った。

夕食でも一緒に食べないかと伊藤に誘われたが、まだやらなければならないことがあるからと誘いを断り、深里はスタッフルームに戻った。別に食事くらいはいいかとも思ったのだが、伊藤と話をしている間、しきりに店のカウンター越しに、二人の座る席を凝視する綿貫浩太の姿を見てはそういうわけにもいかなかった。

今日の『BP』の記録をつけながらも、深里はずっと考えごとをしていた。常識で考えれば、やはり想子の仕業というのは考えにくい。しかし何かがそう思わせる。直感でしかないのだが、想子の怨念のようなものを感じるのである。

「深里ちゃん、『BP』ご苦労様」

深里は突然声をかけられたので、驚いて一瞬飛び上がった。今日の仕事を終えた大羽麻里子だった。麻里子は相当疲れているように見えた。薄葉博之の事件、そして松井彩子の失踪で、店長の池澤は謹慎処分を受けている。麻里子もその場にいたわけだが、幸いこれといった処分は受けなかった。しかし店長がいない店を今は、東と麻里子の二人のアシスタントマネージャーで統括している。二人は休みなく働いていた。

「顔色悪いですけど大丈夫ですか?」

深里は心配そうに麻里子に聞いた。

「私は大丈夫よ。それより深里ちゃんにちょっとお願いがあるの。そんなに難しいことじゃないから」

麻里子はそう言うとスタッフルームに置いてある自動販売機に小銭を入れ、スポーツドリンクのボタンを押した。

「何ですか、お願いって？　私にできることならいいですよ」

麻里子はスポーツドリンクを一口飲むと、大きく息を吐いて、それから言った。

「実はね、新人のアルバイトを採用したのよ、明日深里ちゃんにトレーニングについてもらう予定の子。その子なんだけど、とっても明るくて元気でいい子なの。面接のときも『バイト初めてなんでがんばります。』なんて言ってたの」

「それが何かまずいんですか？」

深里はまだ話の趣旨がわからなかったが、麻里子はかまわず続けた。

「でもね、その子バイト初めてじゃなかったのよ。しかもほかのマッコイズで働いていたの、新人登録をしたときにはじかれたから」

日本マッコイズ株式会社は全国に二千五百店舗を有する。マッコイズでアルバイトをした学生が進学や転校で引っ越しをし、その新たな地で、またマッコイズでアルバイトをするというのはよくある話だ。この場合、以前働いていた店舗に連絡をし、どのような子であったかを確認の上、問題なければ研修時給を免除していきなり正時給で働き出せる。しかしたまに問題を起こして解雇になるアルバイトがいる。そういう人はなぜか決まってまたマッコイズで働きたがる。経験者だと言ってしまうと前の店舗に連絡されてしまうので、初めてだと言って面接にやってくる。しかしマッコイズほどの大企業ともなると、これを見逃すはずがなかった。アルバイトの登録は店舗ごとにされるわけではなく、すべて本社のスーパーコンピュータに登録される。よって氏名、性別、生年月日、そして郵便局の口座番号などから同一人物を見分けるのである。給料の振り込みを郵便局に統一しているのも、このような理由からであった。店舗のコンピュータにこれらを入力し、過去に他店舗での登録歴があるものは、登録エラーとなりはじかれる。そしてその人物がいつ、どこの店舗で働いていたのか、本社から報告が来るのである。たいていこのような人は不採用になる。

「じゃあ、何で採用したんですか?」

深里は不思議そうに聞いた。

「どうしようかと思ったんだけど、あんまり感じのいい子だったから、何か事情があってのことじゃないかと思って、その子が以前働いていた店舗に連絡してみたの。そしたらむこうの店長が、『彼女はとてもよく働いてくれた。自信を持ってお薦めします』なんて言うものだから」

「どこのお店でやってたんですか、その子?」

深里が尋ねると、麻里子は持っていた資料の中から一枚の紙を取りだし、それを見て言った。

「ええと、山梨の『小淵沢インターチェンジ店』てところね」

山梨の小淵沢?

深里はすぐにあることと結びつけた。想子が自殺した場所が、確か山梨の小淵沢であった。

「それで私は何をすればいいいんですか?」

深里がそう聞くと、麻里子はスポーツドリンクを飲み干して、缶をゴミ箱に投げ捨てると言った。

「私もそのあと、何で嘘をついて働こうとしたのか聞いたんだけど、初心に返って初めからやってみたかった、としか言わないの。ほかに何か事情があるのかもしれないし、深里ちゃんに何気なくそのことを聞き出して欲しいのよ」

頼まれなくても深里はおそらくそうしたであろう。偶然にしてはあまりにもタイミングが良すぎる。

「その子のこともう少し教えてください」

深里がそう聞くと、麻里子は再びその書類に目を落として言った。

「名前は石原まゆみ、高校二年生。明日から勤務になってるけど、実は今日これからユニフォームを取りに来るの。私、わざと席を外すから今からちょっと話してみてくれない？」

伊藤からの食事の誘いを断っていた深里は、このあとは帰宅するだけでこれといった用事はなかった。少しでも早くその子に会って、高桑想子と何か関係があるのか知りたかった深里は快く承諾した。

スタッフルームのドアがノックされた。深里は「はあい」と言ってドアを開けた。

中学生かと思った。身長は百五十センチもないだろう。顔も童顔で、服装もピンクのスカートにボーダーのカットソーといったかわいらしいファッションだ。石原まゆみは元気よく言った。

「明日からこちらで働くことになりました、石原まゆみです。よろしくお願いします」

マッコイズでアルバイトをするために生まれてきたような明るい声とすばらしい笑顔であった。

「大羽マネージャーはちょっと席を外してるので、ここで待っててください」

深里が丁寧にそう告げると、まゆみは「失礼します」と元気よく言って、スタッフルームに入った。深里は遅れて自己紹介をした。

「私、明日あなたのトレーニングを担当します、弘光深里です。トレーニングっていっても経験者みたいだから大して教えることもないと思うけど。同い年だから緊張しないでね」

深里は何気なく探りを入れてみたつもりだったが、まゆみは黙ってうなずくだけであった。

その後はしばしの沈黙があった。深里は何を聞いたらよいものだか迷っていた。まゆみは相変わらず笑顔でこちらを見ている。とても気まずかった。

先に口を開いたのはまゆみの方だった。

「知りたいんでしょ？」

深里が不思議そうな顔をすると、まゆみが続けて言った。

「私のこと。それから、想子のこと」

十七

八王子バイパスを抜け、車は八王子インターチェンジから中央高速に入った。

「地元の警察がさんざん捜査して、何も見つからなかったんだ。今さら何も出てきやしないぞ」

伊藤誠一郎はけだるそうに言った。

「絶対何かあるわ。あの子何か知ってるのよ」

深里は伊藤の愛車、スカイラインGTRで山梨の小淵沢に向かっていた。他人から見れば、カップルがドライブを楽しんでいるように見えたかもしれない。しかしこれも立派な捜査だった。小淵沢で自殺した高桑想子のことを調べるためであった。

「だからって何もこんなに朝早くから行くことないだろう。まだ八時前だぜ」

伊藤は大きな欠伸をしながら言った。

「しょうがないでしょ、泊まってくるわけにいかないんだから。こんな遠くまで行って、調べ事をして帰って来るんだから、この時間に出発するに決まってるでしょ」

深里は眠そうな顔一つ見せず、山梨県の道路マップを膝の上に抱えて言った。

町田から小淵沢までは、極端な渋滞がなかったとしても三時間はかかる。幸い伊藤の愛車がスカイラインGTRであることからもう二、三十分の時間の短縮は望めたが、どちらにせよ日帰りでこの距離を往復するというのは、ドライバーにとっては相当の疲労を伴うことであった。

そもそもなぜ二人がわざわざ小淵沢まで足を運ぶことになったのか、それは石原まゆみに促されてのことだった。


「想子のことを知りたければ、小淵沢に行ってみな。何か見つかるかもよ」

まゆみは意味深な言い方をした。

「何かって何よ？　それに調べるべきことは警察がとっくに調べてるはずでしょ」

深里が反抗的な言い方で答えると、まゆみは気にせず、うっすらと笑みを浮かべて言った。

「どこにでもある家出少女の自殺だよ。警察が本気になって捜査するわけがないでしょ。きっとまだ何か残ってると思うよ」

深里は迷った。まゆみの言うことをどこまで信じてよいものか。しかし、石原まゆみが高想子のことを知っているのは間違いなさそうだ。山梨まで行ってみる価値はあるかもしれない。

山梨に行こう。何があるのかわからないけど、とにかく行ってみよう。

次の瞬間、深里は早速、伊藤の携帯に電話をかけていた。たまたま非番だという伊藤を見事につかまえることができた。

まゆみはまだこちらを見て笑っている。

「何がおかしいの？」

深里が尋ねるとまゆみは言った。

「想子が言ってた通りの人ね」


車は大月ジャンクションに差しかかっていた。河口湖インターチェンジから合流してくる車がちらほらと見える。大した渋滞もなく、ここまでは順調なドライブを続けている。追い越し車線を走る伊藤の車は、さすがにスカイラインGTRというビッグネームを引っさげているだけあって、前方を走る車は自然と道を開けてくれる。中央高速は覆面パトカーが巡回しているため、左端の路肩で検挙されている車をよく見かける。覆面パトカーに今の伊藤の走行を目撃されていたら、格好の餌食にされていただろう。

「その石原まゆみって子は信用できる子なのか？」

伊藤はすっかり目が覚めたらしく、はっきりとした口調で言った。

「よくわからない子なんだけど、悪い子ではなさそう。それに想子と知り合いだったってことは間違いなさそうだし、信じてみる価値はあると思う」

深里がそう言うと、伊藤は怪訝そうな顔をして言った。

「俺はいまいち信用できないね。だってそうだろ、地元の警察は不審に思って調べてるんだぜ。想子が失踪してから死体で発見されるまで三ヶ月近くもあったんだ。その間どこで何をしていたか、当然調べるだろ。しかし何一つわからなかった。ところが今になって急にその空白の三ヶ月間に想子と出会った人物が現れた。疑ってかかるのが当たり前だろう」

伊藤の言っていることも一理ある。しかし深里はまゆみのことを信じていいような気がした。これも直感でしかなかったが。

九月までの寝苦しいほどの暑さも衰え、過ごしやすい涼しい風が吹いている。

その日は朝から雨が降っていた。登校時にはそれほど強い雨ではなかったが、放課後になり、石原まゆみが帰宅しようとしたときには、地面に落ちる水滴が激しい音を立てて飛び散るほどになっていた。

県立高校に通う石原まゆみは、普段は自転車で通学していた。自宅から学校までは自転車で約十五分、徒歩だとその倍はかかる。バスも運行していたが、うまく時間が合わないと三十分待ちなどは当たり前だった。それなら歩いた方が早いので、まゆみは雨の日はいつも歩くことにしていた。

まだ時間に余裕がある。一度家に帰って、少しくつろいでからでもバイトには間に合うだろう。

学校の門を出たときは同じクラスの友人数人と一緒であったが、一人、また一人と別れていき、今はまゆみ一人で家路についていた。

降りつける雨は更に勢いを増し、まゆみの刺すピンクのビニール傘を突きやぶらんとするほどであった。

次の角を曲がれば家が見えるというところだった。小さなビニール傘は、その骨が折れ、更に小さくなっていた。まゆみは全身びしょ濡れだった。

ところが、その少女はまゆみの比ではなかった。この雨の中、傘もささずに歩いている。足取りは老人のようにゆっくりで、その目はうつろで、口は半開き、まさに放心状態であった。頭のてっぺんからつま先まで水分を含んでいない箇所は一つもなかった。ジーンズに白の七分袖のシャツを着ている少女は、シャツが濡れて下着が完全に透けて見えているほどであったが、そんなことを気にしている様子は全くなかった。

まゆみは少し怖くなって数歩後ずさったが、すぐにその少女に駆け寄ることになった。何かにつまずいたのか、歩くことに限界を感じたのか定かではなかったが、少女は前方につんのめり、そのまま倒れて動かなかったからである。

「大丈夫ですか？　ちょっと、しっかりしてください」

まゆみは少女を抱き起こし、必死で声をかけたが、少女は目を閉じたまま何も語らなかった。

家まで約三十メートル、がんばれば運べない距離ではない。まゆみはカバンと傘を道の端の方に置き、少女をおぶって歩き出した。少女は決して大柄ではなかったが、百五十センチに満たないまゆみにとっては、ごく普通の体重とされる女性であっても十分大きな部類に入った。

近所の人が通りかかったら、きっと手を貸してくれたであろうが、この激しい雨のなか外出しようとする人はいないだろう。

まゆみは杖をついてやっと歩くことができる老人と同じような前傾姿勢で、少女をおぶったまま歩き出した。三十メートルがこんなにも長いと思ったことはなかった。小学校三年生のとき、二十五メートルのプールを何とか泳げるようになった。あのときの二十五メートルもとても長く感じたが、今はその何十倍も長く感じる。

降り続ける雨は次第に痛みへと変わっていった。全身がちぎれるように痛い。今この少女を自分の背中から落としてしまえばどんなに楽であろうか。しかし一度少女を下ろしたら、もう二度と持ち上げることはできないだろう。

あと数メートルというところで目がかすんできた。今や精神力だけで少女を支えている。まゆみは最後の力を振り絞り、何とか玄関まで辿り着いた。少女を下ろしたまゆみは、同じように仰向けになって雨空を見ている。まだ玄関の外であったが、玄関口の小さな屋根が多少は雨から身を守ってくれた。しばらくそのまま横になって休んでいた。少女をおぶった位置に戻り、傘とカバンを持ってこなければ、カバンの中にしまってある家の鍵が取り出せない。つまり家の中には入れない。その力を蓄えるためにはもう少し時間が必要だった。

少女はソファーに横になり、寝息を立てていた。

まゆみは少女を居間まで運ぶと、まずそのびしょ濡れの衣服を脱がし、代わりにまゆみの姉の服とズボンを少女に着せた。まゆみのサイズの服が合わないのは一目瞭然だったので、姉の服を拝借したというわけだ。下着もびしょ濡れだったが、さすがに見ず知らずの他人の下着を剥ぎ取るわけにもいかず、そのままにしておいた。

まゆみの家族は父、母、姉とまゆみの四人家族だった。父は国際線のパイロット、母は貿易会社の欧州事業部のエリート社員というドラマの設定のような両親だった。今でこそ幸せな生活を送る家族であるが、まゆみの八歳年上の姉が生まれたときは相当の苦労があったようだ。父が十九歳、母が十六歳のときの子がまゆみの姉であった。周りから散々反対されて産んだ子である。父は必死に勉強してパイロットになった。母は高校を中退して育児を行いながら、大検取得のために勉強することを怠らなかった。まゆみは両親を尊敬していたが、姉はその昔話をあまり好まなかった。姉は短大を卒業したあと定職に就かず、フリーターをしていた。両親が海外に行っている期間は、家にも帰らず、男の家を渡り歩いている。両親も好きなことをしてきたのだから、自分も好きなように生きていくといった考えのようだ。

まゆみがシャワーを浴び、着替えて居間に戻ると、少女は起き上がり、ソファーに腰掛けて天を仰いでいる。目はうつろ、口は半開きのままだった。

「気が付いた？　何があったか知らないけど、とにかくシャワー浴びてきなよ。あれだけ濡れたんだから風邪ひくよ」

まゆみが声をかけると少女はやっと焦点が定まり、口を閉じ、不安そうな目でまゆみを見つめた。

「心配しなくていいよ。私はたまたま、あなたが倒れているところに通りかかっただけ。ここは私の家で、今はほかに誰もいないから。何なら今日は泊まっていってもいいよ」

見ず知らずの少女を泊めることに何の抵抗もなかったわけではないが、何となくこの子は大丈夫と思えるものがあったので、まゆみはそう声をかけた。

「ありがとう……」

少女は小さな声で言った。


少女がシャワーを浴びている間に、まゆみはアルバイト先に電話を入れた。

この状態ではバイトに行くわけにもいかない。適当な理由をつけて今日は休もう。

『マッコイズ小淵沢インターチェンジ店でございます』

一番出て欲しくない人が出てしまった。アシスタントマネージャーの片野は今年一年目の新入社員だが、仕事ができ、アルバイトに厳しいことで有名だった。

まゆみは恐る恐る言った。

「すみません、熱を出してしまって、今日はお休みさせていただけませんか？」

まゆみは雷が落ちるのを覚悟したが、その返事は意外なものだった。

『ちょうど良かった、じゃあ今日は休んでくれ。この雨でお客さん全然来ないんだよ。暇で暇でどうしようかと思ってたところなんだ』

まゆみは何だかほっとして肩の力が抜けた。少女はシャワーを浴び、姉の服を着て再び居間へ入ってきた。

「私、石原まゆみ。中学生に見えると思うけど、これでも一応高一。あなたは?」

「高桑想子、高一。想う子って書いて想子」

少女は初めて笑顔を見せた。

「結局二人は意気投合しちゃって、それから一週間も想子はまゆみの家に泊まり込んだらしいの。二人とも同い年で、しかも同じマッコイズでバイトしてたこともあって、話が合ったみたい。そのなかで想子が私のことを話したらしいの」

小淵沢インターチェンジから中央高速を降り、深里と伊藤はマッコイズ小淵沢インターチェンジ店で休憩を取っていた。

「そのあと想子はどこへ行ったの?」

伊藤がチーズバーガーを頬張りながら言った。

「一週間後の朝、まゆみが起きたときにはもう、想子の姿はなかったらしいの。机の上に一枚の置き手紙があって、それにはこう書かれていたそうよ。『お世話になりました。本当にありがとう。最後にあなたのような人に会えて嬉しかった』と」

深里がそう言うと、伊藤はチーズバーガーの最後の一口を飲み込んで言った。

「すると、そのときもう想子は自殺することを決意していたというわけか？」

「そういうことになるわね。とにかく、想子が自殺した現場に行ってみましょう。そこに何かあるかもしれないし」

深里はさっさとトレーを片付けて、店を出ようとしていた。

十八

そこは大きな森林であった。

小淵沢はここ数年、ホテルやペンションの進出、そして別荘地としての開発が進み、幾分栄えてはきたものの、それでもまだ緑溢れる山林地帯であることに変わりはなかった。その小道に入ったばかりの頃は、周りに別荘やテニス場が立ち並び、優雅なイメージのするところであったが、更に車で数分進むと森林の中にこの道が一本通っているだけであった。

小道の終点には車が四台ほど停められるスペースがあり、その先は徒歩でしか進めない獣道になっている。

伊藤は車を停めると愚痴のように言った。

「誰がこんなところに来るんだよ。それこそ自殺志願者くらいのものだ」

深里は何も言わずに車から降りると、獣道の続く方向に目を凝らした。

きっとこの先に手がかりがあるはずだ。

二人はゆっくりとその獣道を進んだ。二人が横に並んで歩けるほどの道幅はなく、伊藤が前に立って深里を先導するようなかたちで進んだ。

何かが伊藤の前を横切った。伊藤は、わあっと声を上げて尻餅をついた。深里はその声に驚いてしゃがみ込んだ。

それは少し離れたところで止まり、こちらを振り返った。狸だった。深里は野生の狸を初めて見た。

そこは動物園でしか見たことのない動物を見ることのできる場所であった。その後に姿を現したのはキジだった。あの『桃太郎』のキジである。更に進むと、遠くの方で鹿が走る姿が確認できた。どうやらもう人間が入ってきてはいけない場所のようである。順番的にそろそろ熊が出てきてもおかしくない。深里は引き返したくなった。

「あった。あの木だ」

伊藤のその声が静かな森林に響き渡った。あらかじめ地元の警察に詳しい場所を聞いていた伊藤は、すぐにその木だとわかった。

大木だった。大きな神秘的な木だった。その大木から突き出された枝は、まっすぐにいかにも頑丈そうに伸びていた。ロープをくくりつけるのも、そして高さとしても最良の木だったのだろう。

別に変わったところはなかった。証拠らしきものは当然警察がすべて押収したはずだ。単なる自殺と判断されたその場所には、今は何も残されていなかった。

「ほら見ろ、何もないじゃないか。こんな気味の悪いところ早く帰ろうぜ」

伊藤は来た道を戻ろうとしている。深里も大木を一回りして辺りを見渡したが、何もないことに気付き、諦めて帰ろうとしたときだった。

「ちょっと待って、この下……」

深里はそう言うと、しゃがみ込んで地面の土をそっと触ってみた。

やっぱりそうだ。ここだけ柔らかい。

深里は一部地面が柔らかい場所を見つけた。偶然足が深く埋まったからであった。そこは一度掘り返されたような跡があった。

深里は念のために持ってきた小さな果物ナイフをスコップ代わりに、その部分の土を掘り返した。肘が完全に隠れるくらいの深さまで掘り返したとき、ナイフの先端が土とは異なる感触の物体に触れた。その感触に驚いた深里は一度腕を抜いて、恐る恐る掘り返してできた穴を覗き込んだ。しかしただでさえ薄暗い森林の中で、この大木の下とあっては、いくら深里が目を凝らしたところで何も見えはしなかった。

「中に何かあるから取ってくれる？」

深里は暇そうに辺りをふらついていた伊藤に言った。いきなり声をかけられて、伊藤は少し面食らった顔を見せ言った。

「やだよ、気持ち悪い。君が掘ったんだから君が取れよ」

「情けないこと言わないでよ。男でしょ。早く取りなさい」

最後には命令口調になっていた。ここまで言われては伊藤としても取らないわけにはいかない。伊藤は渋々しゃがみ込み、穴に腕を入れた。

最初は土の感触しかしなかった。伊藤が手でもう少し掘り返そうとしたとき、厚紙のようなものが埋まっているのに気付いた。とりあえず生き物ではないことを確認できた伊藤は、それをつかみ一気に引き抜いた。

タロットカードだ。

それは土で汚れていたため、何とかタロットカードであると確認できる程度のものであった。もちろん一目で何が描かれたカードだか判別することは不可能であったが、深里はそのカードが何のカードであるか想像できた。

それは『0・愚者《フール》』のカードだった。

やっぱり想子なんだ。すべてはここから始まったのだ。すべての出発点『0《ゼロ》』がここだったんだ。

しかし深里はこれですべてを納得したわけではなかった。

何で警察はこのカードを発見できなかったのだろう？　こんなにわかりやすく地面が掘り返されていたのに。それともそのときはこんなものなかったのだろうか？

二人は気味の悪い森林を後に車に乗り込んだ。静かな森林にけたたましいエンジン音が響き、車はゆっくり走り出した。

やっと周りに民家が見えてきた頃、伊藤の携帯電話が鳴った。電話を取ると、伊藤はひたすら相手の話に聞き入っている様子だった。

「わかった。すぐそっちに向かう」

伊藤はそう言うと、顔色が蒼白になっていた。深里は電話の内容を聞きたかったが、思い詰めたような伊藤の顔を見ると、とても聞ける雰囲気ではなかった。

しばしの間、車中は冷たい空気に包まれた。伊藤は依然として青白い顔をしていた。重苦しい雰囲気のなか、伊藤は静かに口を開いた。

「いいか、落ち着いて聞いてくれ」

深里はこれから聞かされることがとんでもないことであることは想像できた。ゆっくりと、大きく深呼吸をして深里は言った。

「何かあったの?」

伊藤はその質問から一呼吸おいて言った。

「安藤大悟が死んだよ」

十九

最近では珍しく、寒いくらいの朝だった。朝といっても時計の針は午前十一時を指している。その部屋は日当たりが悪く、昼間でも電気を点けないと薄暗い。六畳一間の一ＤＫ、新興住宅地の東町田の小さなアパート、上京してきている大学生の一人暮らしにはこれで充分であった。

安藤大悟は眠い目をこすりながら冷蔵庫の扉を開けた。小さな冷蔵庫の中にはあえて冷やさなくても良いと思われる醤油や食塩、こしょう、そしてサラダオイルまで入っている。逆にこれらが入っていなければ冷蔵庫自体が必要ないのではないかと思われるほどである。

大悟は飲みかけの牛乳パックを取り出し、そのまま口をつけて一気に飲み干した。空になった牛乳パックをゴミ箱に投げ捨てながら、ふぅっと息を吐き出した。

昨日は飲み過ぎた。まだ少し酒が残ってるみたいだ。

昨晩、大学のサークルの飲み会だった大悟は朝方帰宅し、風呂にも入らずそのまま寝床についた。

静岡県清水市で高校卒業までの十八年間を過ごした大悟は、その土地柄か、小学生のときからサッカーを始めた。小学校、中学校とその実力は周りに比べても群を抜いていて、何度も市の選抜選手になった。そのおかげもあって、スポーツ推薦で、サッカーでは全国的に名の知れた有名校に入学した。しかしこれまでお山の大将だった大悟にとって、部活に初めて顔を出した日のショックは絶大なものだった。世の中には自分よりも実力のある人がこんなにもいるのか、しかもこの高校は、近年は県予選で敗退していて全国大会出場は縁遠くなっている。つまり全国には、まだまだ凄い選手がいるということだ。安藤大悟、人生で初めて挫折感を味わった日だった。

それでも大悟は必死で練習した。一年生の間は、試合に出させてもらうことはなかったが、二年生になったとき必ずピッチに立ってやるという熱い思いを抱いていた。

高校二年の春、大悟は二度目の挫折感を味わうことになった。中学を出てきたばかりの一年生の中には、今の時点で一年間死に物狂いで練習してきた自分よりもうまい奴らがいる。

こいつらが自分と同じように一年間必死で練習したらどうなるのだろう?

試合に出て活躍する一年生を、大悟はスタンドから見守った。ベンチにも入れてもらえなかった。次第に大悟は部活へ行かなくなった。

俺は弱い人間だ。

あの日部活から逃げ出して以来、どんなことからも逃げている。立ち向かうことをしなくなってしまった。

大悟は今の生活に満足していなかった。大学生という特権を生かして遊びまくり、親からの仕送りで生活し、学費の心配をする必要もない。アルバイトで稼いだ金はすべて自分の好きなように使える。こんな甘えた生活をしている自分が嫌だった。

あのとき、サッカーを捨てていながら、大学のサークル活動ではサッカーサークルに所属している。体育会で汗水垂らして死にそうになってまでサッカーはしたくない。ただ楽しくサッカーがしたい。そんな人間がサークルに集まってくる。当然、サークルの中では大悟のサッカーの実力はずば抜けていた。大悟は再びサッカーでお山の大将になった。しかし、今の大悟にはわかっていた。その山が小さな小さな山だということを。


今日は午後から関口恵と映画を観に行く約束をしている。恵が自分に好意を持ってくれていることは気付いていた。しかし大悟は今は誰とも付き合いたくなかった。ひょっとしたらこの先ずっと、誰とも付き合わないかもしれないとまで思っていた。

自分のしたことは許されることではない。あのときの彼女の気持ちを考えたら……。

今になって悩んでも取り返しのつくことではない。だから大悟は覚悟していた。自分の罪に対して、素直に罰を受けようと。それがたとえ、ほかの人と同じように死をもって償わなければならないとしても。

昨晩の暴飲のせいで体調を崩していた大悟にとっては、その寒さもちょっと肌寒い程度にしか感じなかった。

電気も点けずに薄暗い部屋で生活することに慣れてしまっている大悟は、その暗さも今日は天気が悪いのか、としか思わなかった。しかし次の瞬間は、さすがの大悟も驚きの表情を示さずにはいられなかった。

部屋の窓ガラスが大きな音を立てて開いた。突風がカーテンをまくり上げ、凄まじい勢いで部屋の中に入ってくる。

一瞬の出来事だった。今はもう、開け放たれた窓から入り込むそよ風に、カーテンがゆらゆらと揺れているだけである。

大悟は何かを考えているように、その窓を見つめて突っ立っている。

そのとき、背後のキッチンの方で何かが動いたような気がした。大悟はその気配をはっきりと背中に感じていたが不思議と恐怖感はなかった。それどころか、すべてを悟ったような晴れやかな顔をしていた。

「やっぱり次は俺か？　でもこれで終わりなんだろ？　いや、終わりにしてくれよ」

大悟はそよ風に揺れるカーテンを眺めたまま、振り返らずに言った。

返事はなかった。

しかしその気配が少しずつ自分の背中に近づいてくるのを大悟は感じた。

「すまなかった。今さら謝ってもどうにもならないのはわかってる。君が本当に悩んでいるとき、俺は何の力にもなってやれなかった。それどころかあんなことを……」

その気配は大悟の背中に辿り着いた。冷たいものが大悟の首に巻き付けられる。

「すまなかった、想子」

首に巻き付けられたものは冷たさから次第に苦痛へと変わっていった。大悟は自分の肩に水滴のようなものが落ちるのを感じた。

涙?

大悟は決心した。

振り返ろう。振り返ってもう一度謝ろう。それから罰を受け入れよう。

大悟はゆっくりと頭を反転させた。

気配ではなく、物体が大悟の目に映った。

「何で……?　想子……じゃないんだ?」

大悟はゆっくりと目を閉じた。

二十

安藤大悟が死亡してから二日後、弘光深里と伊藤誠一郎が帰京した翌日の夜、深里は再び伊藤と会い、今回の事件の話を聞くことにした。

「関口恵の様子はどうだ？」

伊藤はベンチに腰掛けて言った。

「家に行ってみたんだけど、今は誰とも会いたくないらしくて。結局出てきてくれなかった」

深里は伊藤の隣に座った。夜の公園のベンチに二人は並んで座っていた。特に大きな公園ではなく、深里の家のすぐ目の前の住宅地内の公園であるため、この時間はほかに誰もいなかった。

「何で大悟さんまで……」

深里はずっと下を向いていた。

「よりによって第一発見者が関口恵とはなあ。彼のあんな姿を目の当たりにしたら、彼女が寝こんじまうのも無理はない」

伊藤は足下元に捨てられていた空き缶を蹴飛ばしながら言った。

「でも、何で恵が発見することになったの？」

「その日の午後、二人は映画を観に行く約束をしていたらしい。しかし時間になっても安藤大悟は待ち合わせ場所に現れなかった。関口恵はすっぽかされたのか、何か急用ができたのかわからなかったが、携帯に電話しても応答がなかったので、その日はとりあえず帰ることにしたんだ。翌日、つまり昨日改めて電話をしたがつながらなかったので、心配になった彼女は妹だと偽って、管理人に部屋を開けさせた。そうしたら……」

伊藤はそう言うと溜息をついた。

「今回もまたタロットカードが？」

深里はうつむいたまま聞いた。

「ああ、『Ⅵ・恋人《ラバーズ》』のカードだった」

恋人かあ。大悟と想子がそういう関係だったということだろうか？

「あと一つ、気になることがあるんだ。大した意味はないかもしれないけど」

伊藤は立ち上がって腕組みをした。

「額に刺されたタロットカードなんだけど、向きが普通なんだ」

「えっ、どういうこと？」

深里にはさっぱり意味わからなかった。

「今までのカードはすべて上下が逆さまに刺されていたのに、今回のカードは逆さまではなかったんだ」

深里は図書館で借りてきた本に書かれていたことを思い出した。タロットカードには『正位置』と『逆位置』というものがあって、同じカードでもそれが変わるだけで、全然違う意味を持ってしまう。

ということは、一連のタロットカードは、番号で順番を示すだけではなく、その意味も重要だということだろうか？

深里は家に帰ったら早速あの本をもう一度読んでみようと思った。

「それから、今日君と話をしに来たのは本当は別の件でなんだ」

深里は胸が高鳴るのを感じた。夜の公園に二人きり、恋人だと言えば誰もがそう思うだろう。

深里は伊藤のことが好きだった。しかしその「好き」は恋愛感情の「好き」なのだろうか。綿貫浩太と一緒にいるときはいつもドキドキして言葉に詰まってしまう。一方、伊藤と一緒にいると、思ったことが次から次へと言葉として発せられる。伊藤に対しては少しの遠慮もなかった。二人とも好きだった。しかし今の深里にはそれ以上のことはわからなかった。自分の気持ちがはっきりしなかった。

もしそういう話になったらどう答えよう？　それに大悟さんが亡くなったばかりで、恵のことを考えると……。

伊藤はしばらく黙っていた。

深里がそっと伊藤の顔色をうかがうと、伊藤はいつもより小さな声で語り始めた。しかしそれは深里の期待するような内容ではなかった。

「今回の安藤大悟殺害に関しては、初めて怪しい人物が現場近くで目撃されている」

深里は少し残念な気持ちになったが、ほっとしたのも確かだった。

「そいつが犯人?」

「いや、それはわからない。だけど事件に重大な関わりがあることは間違いない」

なぜか伊藤はまたうつむいた。

「それなら、すぐそいつを見つければ何かわかるんじゃない?」

深里は当たり前のことを言ってみたが、伊藤の歯切れの悪い態度が気になっていた。

「目撃者に協力してもらって似顔絵を作成した。身元はすぐに割れたよ。だが一歩遅かった。彼は姿を消したあとだった」

「彼?」

深里がそう尋ねると、伊藤は深里の目を見て、はっきりと言った。

「綿貫浩太が行方不明だ」

二十一

とても眠りにつけるような気分ではなかった。寝苦しい暑さではあったがそのせいではない。伊藤のあの言葉がどうしても信じられなかった深里は、綿貫浩太の携帯電話を呼んでみた。しかしすでに解約されたあとだった。

深里は部屋のベッドの上で仰向けになったまま、天井の一点を見つめていた。

浩太さんが犯人？　そんなことは信じられない。でも犯人でなければなぜ失踪なんか……？

きっと理由があるんだ。

深里は必死に浩太を犯人にしないための考えを持とうと努力した。しかし警察はそうは思わないだろう。殺人現場で被害者の友人が目撃されている。しかもその人物は事件のあと行方をくらました。真っ先に疑われて当然だ。現に綿貫浩太とエメラルドグリーンのマーチカブリオレは全国に指名手配されていた。

想子……。一体あなたに何があったの？　あのとき、私に何を言いたかったの？

トントン。深里の部屋のドアがノックされた。

「深里ちゃん、まだ起きてる？　入るわよ」

そっとドアを開け、母親の美幸が顔を覗かせた。

「どうしたの？　電気も点けないで」

「気分が悪いのよ。もう寝るから出てって」

美幸は心配そうに深里を見ていたが、これ以上何か言ってもうるさがられるだけだと思い、用件だけを伝えて部屋を出ていくことにした。

「手紙がきてたわよ。それから熱があるんだったら薬飲まなきゃだめよ」

美幸の心配性は一生直らないだろうと深里は思った。


深里は電気を点けて机に向かった。美幸から受け取った小さな茶封筒を裏返してみたが差出人の名前はどこにもなかった。消印は昨日の日付けになっている。

誰からだろう？

深里ははさみで丁寧にその茶封筒の頭を一直線に切った。

中には三つ折りにされたレポート用紙が五枚も入っていた。一枚目の用紙の一番上に書かれた文字を見て深里は息を飲んだ。

綿貫浩太からの手紙だった。

深里の手紙を持つ手が震えていた。深里はしばらく目を閉じ、精神を集中させた。

深里は何かを決心したかのように目を開け、手紙を読み始めた。

深里ちゃんへ

綿貫浩太より

まず最初に深里ちゃんに謝ることにする。心配を掛けて本当にすまない。

次に言いたいことは、僕は犯人ではないということだ。状況が状況なだけに、姿も見せずにこんなことを言われても信じられないと思う。それでも信じて欲しい。僕は今回の一連の殺人事件の犯人ではない。そして僕は犯人を知っている。犯人は高桑想子だ。

想子は去年の十二月に自殺している。それも間違いない。しかし彼女は不思議な力を持っている。その力を使って今回の連続殺人をやってのけたのだ。

これから話すことはきっと信じられないだろうがすべて事実だ。大悟から聞いた話もある。大悟からの話がどうしてそんなに信用できるかということもこの手紙を最後まで読んでくれればわかる。

まず話さなければならないのが、高桑想子の学校でのいじめの話だ。高校に入学して少し経った頃、想子はクラスでいじめのターゲットにされた。あのおとなしい性格だから、何をされても何も言えなかったらしい。しかもそれは相当ひどいいじめだった。ライターで髪の毛を焼かれるなど日常茶飯事、画鋲を手に刺されたり、トイレの便器をなめさせられたこともあったらしい。そのいじめグループを仕切っていたのが、竹澤真理と前田歩だ。彼女たちは、先生に怒られたときや、部活の試合で負けたときなどは、その腹いせに想子をいじめていたんだ。元々彼女たちがおとなしい想子をからかい始めたのがきっかけで、いじめにまで発展したんだ。竹澤真理と前田歩に対する想子の恨みは計り知れないものだったはずだ。

学校に行っても何もいいことのない想子はアルバイトを始めた。そして「マッコイズ町田青葉店」で君と知り合った。君と出会って想子は友達ができた。マッコイズではいじめられっ子の想子はいない。アルバイトが楽しくてしょうがなかったそうだ。しかも想子はマッコイズで恋をすることになる。厳密にいえば、恋をされたといった方がいいかもしれない。それも二人の男に。その男とは、安藤大悟、そして僕、綿貫浩太だ。三人で遊びに行ったこともあるし、食事をしたこともある。最初は三人でいることに何の違和感もなかった。でもそのうち、大悟も僕も想子を自分だけのものにしたくなった。様々な駆け引きがあり、三人で遊びに行くと言っておいて、当日もう一人が来られなくなったと嘘をついたりした。大悟も同じようなことをしていた。しばらくして想子は大悟と付き合い始めた。あのときのやるせない気持ちは今でもはっきりと覚えている。それでも僕は二人を祝福しようと思った。引き際は男らしく決めようと思ったからだ。

ところが大悟と想子の関係は長くは続かなかった。なぜなら大悟はこのときすでに佐藤晃子と付き合っていたからだ。

その日想子は何の連絡もなしに大悟の部屋を訪れた。呼び鈴を鳴らして出てきたのは、男物のスウェットに、少し大きめのTシャツを一枚羽織った佐藤晃子だった。大悟はその奥で、トランクス一枚の姿でベッドに横になっていた。来客が想子だと気付いた大悟はばつの悪そうな顔をしていたが、佐藤晃子はひるむ様子もなく、「大悟はね、あんたなんか遊びなの。とっとと帰って」と言って想子を突き飛ばした。

想子は君と同様に、佐藤晃子はマッコイズでの数少ない友達だと思っていた。その晃子にこのような行為をされ、もう誰も信じられなくなった。

深里は浩太からの手紙をここまで読むと、ゆっくりと席を立った。部屋の窓を開け、幾分涼しくなった風に深里はその身を当てた。体の奥深くまで風が染み込んでいく、そんな気がした。どれだけの時間が経ったかはわからない。ただ一つだけ言えることは、その間深里は、身動き一つせず、何も考えていなかった。何も考えられなかったといった方がいいかもしれない。

深里は再び机に向かった。今得た情報の整理はまだついていなかったが、すべての情報を得る必要があると判断したからだ。

深里は再び手紙を手に取った。

次は、薄葉博之と手塚華子のことだ。この二人の話は少し時間を前後させて話すことにする。

大悟が想子と付き合い始めて、まだ佐藤晃子の存在に想子が気付いていない頃の話だ。

ある日二人は大悟の単車で横浜に出かけた帰りに、東名横浜インターの脇に立ち並ぶホテル街に立ち寄った。ホテルから出てきて、バイクにまたがり帰ろうとしたとき、一組のカップルが入れ替わりにホテルに入ろうとしていた。そのカップルは想子を見て青ざめていた。大悟が後から聞くと、その二人は想子のクラスメイトの女子高生、手塚華子と、社会科の教師、薄葉博之だったらしい。その夜、手塚華子から想子に電話があった。今日見たことは絶対に他言するなというものだった。別に想子もそんなことを言いふらすつもりはなかったし、第一、想子には学校に話をする友達などいなかった。ところが夏休みが終わり、二学期の始業式の日、学校中で手塚華子と薄葉博之のことが噂になっていた。これは学校中にこの事実が書かれたビラがまかれたからだ。手塚華子は当然、想子の仕業だと思い、竹澤真理、前田歩らとともに今まで以上に想子にひどいことをした。

薄葉博之もこの件が原因で教職員の中で孤立してしまい、肩身の狭い思いをしていた。怒りのやり場のない薄葉は、想子を生活指導室に呼び、殴る、蹴るの暴行を働いてストレスを発散していた。

話は少し戻るが、想子は大悟に竹澤真理と前田歩にいじめられていることを相談していた。大悟は自分にできることは何でもすると約束した。しかしその後、想子は大悟と佐藤晃子の関係を知ることになる。

さすがに良心の呵責を感じた大悟は僕のところに相談に来た。すべてを話してくれた。僕は大悟を何度も殴った。そして想子を救えるのは自分だけだと思った。すぐに想子のもとへ行き、もう一度思いを告白した。今でも君が好きだから、ずっと大切にするからと気持ちを伝えた。想子はただ首を横に振るだけで何も答えなかった。こんなに想っているのに、彼女はそれに応えてはくれなかった。僕の想子への気持ちは憎しみへとかたちを変えていった。

成川高校に薄葉博之と手塚華子の関係を暴露したビラをばらまいたのは想子ではない、僕だ。これがすべてだよ。きっと今、君の頭の中はパニックになっていると思う。ゆっくりと整理してくれればいい。そしてすべてを信じて欲しい。

最後に僕が、このようなかたちで姿を消した理由を書こう。単純にまだ死にたくないからだ。おそらく次のターゲットは僕だろう。そして僕でこの連続殺人は完結するのだろう。僕はまだ死にたくない。だから逃げることにした。犯人は間違いなく想子だが、実行犯は違う気がする。想子が怨念とか、呪いのようなもので人を殺せるのなら、僕がどこへ逃げようと逃げ切れるものではない。しかし、どうやらそうではなさそうだ。現に、殺された人たちの死因はみんな、首を絞められている。肉体がなければできない殺害方法だ。これはあくまで僕の推測だが、想子は憑依のような能力を持っていて、肉体に乗り移って殺人を行っているのだと思う。だったら、僕も逃げてみる価値はありそうだ。絶対に逃げ切って生き延びてやる。

ＰＳ　またいつかどこかで深里ちゃんに会える日を楽しみにしています。

深里は読み終えた手紙をずっと眺めていた。

二十二

深里は朝のニュースを見ていた。テレビ画面の中では、見覚えのあるエメラルドグリーンの車が湖からクレーンで引き上げられている。深里は別に驚きはしなかった。今朝早く、伊藤から連絡があり、綿貫浩太の車が発見されたことを聞いた。河口湖で発見され、引き上げられたということだ。しかし浩太の死体は上がらなかったという。今もなお、警察が懸命の捜査を続けているらしい。

深里は昨晩、一睡もしていない。浩太からの手紙の内容を一晩かけて整理していた。最初は信じたくないという思いが邪魔をして、冷静に考えられなかったが、今は事実を素直に見つめている。

深里は図書館で借りてきた本をもとに、タロットカードの分析をしようと思っていた。浩太からの手紙で大体の事実関係はつかめた。それとタロットとがどのような意味を持つのかを調べるつもりだった。それに朝方の電話で、伊藤が信じられないようなことを言っていた。警察が現場証拠として押収したタロットカード六枚が、すべて消えてしまったと。

『Ⅰ・魔術師《マジシャン》』……佐藤晃子のカード
正位置の意味は、社交家、情緒的にも現実的にも安定している。誰からも好かれ、頼りがいがある、など。
逆位置の意味は、ずるさ、ペテン、未熟さ、嘘をつくことに抵抗を感じない、など。
『Ⅱ・女教皇《ハイプリーステイス》』……竹澤真理のカード
正位置の意味は、教養に富む深い考え、インテリジェンス、ロマンチスト、など。
逆位置の意味は、あさはかさ、深く考えずに行動する、自分を見失いやすい、など。
『Ⅲ・女帝《エンプレス》』……前田歩のカード
正位置の意味は、穏やかさ、優雅さ、恵まれた環境にいる、など。
逆位置の意味は、不安定な感情、集中力のなさ、見栄っ張りで中味は空っぽ、など。
『Ⅳ・皇帝《エンペラー》』……薄葉博之のカード
正位置の意味は、不言実行、管理能力に長けている、責任感の強さ、など。
逆位置の意味は、行動力の不足、見かけ倒し、頼りにならない、など。

『Ｖ・法王《ハイエラファント》』……手塚華子のカード
正位置の意味は、大きな器量を持つ、慈悲深く善良、思いやりがある、など。
逆位置の意味は、行き過ぎた行為、他人を不利な立場に追いやる、自己中心的、など。

『Ⅵ・恋人《ラバーズ》』……安藤大悟のカード
正位置の意味は、三角関係による苦悩、誘惑、遊び、浮気っぽい態度、など。
逆位置の意味は、兄弟との不仲、自律神経失調症、契約の解消、精神的負担、など。

深里はそこまで調べると、本を一度閉じた。

第六の被害者、安藤大悟以外のカードはすべて逆位置だった。逆位置の意味をその被害者に当てはめてみると、その人物の性格や、これまでしてきたことがぴったりと当てはまる。想子はきっとその人物に対する自分の思いをカードに込めていたのだろう。

安藤大悟のカードだけは正位置だった。深里は『Ⅵ・恋人《ラバーズ》』というカードの名称から、とても幸せな意味を想像したが、実のところの意味は、大悟と想子の関係そのものであった。

想子のことを考えると、深里はやりきれない思いでいっぱいだった。どんな思いでこれらのカードを残したのか、考えれば考えるほど辛くなった。

深里は再び本を開いた。それは二十二枚ある大アルカナカードの最後に説明されていた。

『0・愚者《フール》』……高桑想子のカード
正位置の意味は、ノイローゼ、精神状態の不安定、無目的な状態、放浪、など。

逆位置の意味は、正気に返る、自分を見つめ直す、新たな目的を持つ、など。

小淵沢の山奥の想子の自殺現場で発見されたカードは、伊藤が証拠品として警察署に持って帰っていたが、これもほかのカードとともに消失していた。警察署内の証拠物品がそう簡単に盗まれるはずがないし、ましてや、なくなるわけもない。深里は想子のもとに返ったのだと思っていた。

想子のカード『0・愚者《フール》』はほかのカードと異なり、発見されたときの状態からは正位置、逆位置のどちらで見たら良いのかわからなかったが、調べた意味から察すると、どうやら正位置で解釈した方が良さそうだった。自殺するまでの想子の状態を克明に表していた。

深里は一連の殺人事件の事情がすべてわかった気がした。

想子は生きている。正確に言えば、肉体は滅びたが、その精神は今も生き続けている。

すべてを理解した深里は、想子の気持ちが胸を刺す痛みとなって伝わってきた。

死ねるわけがない。自らその肉体を滅ぼさせても、精神までも崩壊させることはできなかったのだ。

想子は死んだ。しかし、今も生きている。

深里は脱力感に襲われた。


深里は伊藤に連絡するために電話を取った。綿貫浩太からの手紙のことも、朝方の電話では話をしなかった。それに、今わかったそれぞれのタロットカードの持つ意味、そして想子の怨念について報告しようと思った。

携帯電話を鳴らしてみたが、圏外のアナウンスが流れている。念のため、もう一度かけてみたが同じだった。

地下にでもいるのだろうか?

真相を少しでも早く報告したかった深里は、警察署に電話をかけてみることにした。

確か町田東署の刑事課のはずだ。

深里は町田東署の電話番号を押した。

『はい、町田東署』

野太い声の男性が事務的な口調で言った。

「刑事課の伊藤さんをお願いします。知り合いのものです」

しばしの沈黙があった。

『刑事課の伊藤ですか？　伊藤誠一郎のことですか？』

男は困惑したような声で聞いてきた。

「はい、そうです。伊藤誠一郎さんです」

再び数秒間の沈黙があった。そしてその沈黙を破った男の言葉は、深里の十七年間の人生でもっとも驚かされた一言だった。

『伊藤は去年、亡くなりましたが』

二十三

先日訪れたときは小学生で溢れ返っていたその場所は、一週間後に始業式という名の宿題の提出日を控えた高校生たちでにぎわっていた。

深里も高校生の一人であったが、宿題をしているわけではなかった。深里は朝早くから図書館に足を運び、去年の新聞を調べていた。電話の男の話だと、伊藤は去年の十二月、非番の日に山梨の友人宅を訪れ、その帰りに事故を起こしたと言っていた。深里は去年の十二月の新聞を隅から隅まで目を凝らして探した。

あった。

十二月四日、木曜日の朝刊の社会面にその小さな記事は載っていた。

〈警察官、居眠り運転で交通事故死〉

十二月三日午後十時頃、中央道小淵沢インターチェンジ付近を走行中の町田東署巡査部長、伊藤誠一郎さん（二十七）の運転する車がガードレールに衝突した。伊藤さんは内臓破裂により即死……

その記事はそのように綴られていたが、その新聞は深里に驚く暇さえも与えてくれなかった。

この記事のすぐ真下にそれは載っていた。


〈高一少女、山梨の山林で自殺〉

十二月三日、山梨県小淵沢の山林で……


想子の記事だった。

どんなに演技の上手い女優であっても、このときの深里の気持ちを表現することはできなかったであろう。深里自身、生まれて初めての感情であった。驚き、不安、恐怖、哀愁、その他言葉で表現されている感情ではそのときの深里の気持ちはとても表せなかった。


他人が見たら、おそらく怖がったであろう。深里はそれほどの形相で、家へと続く住宅地の路地を歩いていた。

そしてあの刑事が深里の前に現れてから今日までのことを、事細かに思い出していた。

*刑事と初めて会ったとき、なぜか懐かしい気持ちになった……

*知り合いと話しているかのように、気軽に話ができた……

＊「ほら、去年の文化祭のとき……」
＊「これはマスコミには公表してないことだから……」
＊ディズニーランドで感じた視線……
＊肉体がなければできない殺害方法……
＊憑依のような能力を持っていて……
＊小淵沢インターチェンジ付近を走行中……

人が六人も殺された殺人事件、親しかった友人が失踪までしている。これほど大きな事件なのに、私が会った刑事は一人だけ……。その刑事は会う度に私に重要な情報を教えてくれた。気付いて欲しかったんだ。


深里の背後の足音がだんだん大きくなった。深里はそれが誰だか知っていた。

「やあ、今君の家に行こうと思ってたんだ」

伊藤誠一郎はいつもの調子で笑顔で言った。

深里は伊藤誠一郎の目を見つめた。いや、その瞳の奥の何かを見ていた。

「もう充分でしょ？　これ以上何がしたいの？　……想子」

その刑事は何も答えなかった。深里はまだ刑事の瞳を見つめている。

「伊藤誠一郎は去年、死んでるわ。そう、あなたと同じ日の同じ時刻、そして同じ場所でね」

刑事は何も言わずに立っていた。

「今になって思えば、おかしいことだらけ。文化祭の話は私の学校の生徒しか知らないはずなのに刑事は知ってたわ。あの時点で私のことをそこまで深く調べる必要があったとも思えない。だとすると、もともと知っていたことになるわ。私がその話をしたのは想子、あなただけ。次に、刑事は晃子の死体にタロットカードが刺されていたことを私に教えた。そのとき、『これはマスコミにも教えてないこと』と言っていたわ。マスコミにも教えない重要事項を、重要参考人だという私に教える刑事なんているわけがない。ディズニーランドで感じた視線、あれもあなただったのね？　あなたの復讐に関係のある人物が二人もいたんだから。その殺気みたいなものが伝わったってとこかしら。そしてこれほどの大事件の関係者の私が、あなた以外の刑事とは一度も会ったことがない。あなたは私を晃子の事件の重要参考人だと言ったわ。殺人事件の重要参考人の取り調べに一介の巡査部長が一人で来るとも思えない。本当に私は参考人だったの？　おかしいことだらけよ。すべてを話して……想子」

刑事は微笑んだ。

「なりたかった……。あなたみたいに強い人に。変わってなくて嬉しかったよ。久しぶり……深里」

想子はやっと口を開いた。

「何でこんなことを？」

深里は旧友との再会を喜んでいる間もなく、いきなり本題に入った。

「いろんなことがあってね、私、死ぬことにしたんだ。実際死んだんだよ、首を吊って。死んだ後、私、空を飛んでた。下を見ると大きな木にロープを巻き付けて私が首を吊っていた。私、死んだんだなって思った。そう思ったとき、急にいろんな感情が私を襲ってきたの。その中でも憎悪のようなものが一番強かった。私ね、やっぱり死ねないって思ったわ。でも、そのときの私は精神だけの状態だったから、そのままだと別の世界に連れていかれちゃうの。だから私の肉体に戻ろうとしたんだけど、戻れなかった。どうやら、魂が抜ける瞬間にしか肉体には入れないみたいなの。だからよくいう幽体離脱ってやつは嘘よ。一度肉体から出た魂が自分の体に戻ることはないわ。私は焦ったわ。だって別の世界から呼び寄せられる力がどんどん強くなっていくんだもん。必死で抵抗して近くを飛んでみた。ほとんどの魂が同じことをするみたいだけど、そんなにタイミング良く自分のすぐ後に、すぐ近くで人が死ぬなんて戦争でもない限り、まずない話だもんね。私も諦めかけてたんだ。でもね、見つけちゃったの。これは、絶対私に復讐しろってことだって思ったわ」

刑事は男性の声で淡々と喋っているが、その話し方は深里のよく知っている懐かしい口調だった。

「私が最後に深里と会ったときのこと覚えてる？　私が言いかけて途中でやめた話」

刑事は微笑みながら言った。

「確か不思議な能力《ちから》があるって……」

深里はあの日、深里の部屋で交わした想子との会話を初めから思い出していた。

「そう、その不思議な能力《ちから》、私ね、お姉ちゃんが死んじゃったの。その形見にタロットカードをもらったんだけど、これをもらってから不思議な能力《ちから》を持っちゃったの。過去が消せるの。消したい過去の事実だけを特定の人から消せるの」

刑事のその言葉を聞いて、深里は佐藤晃子のことを思い出した。

「じゃあ、私からも晃子のことを……」

深里が尋ねると、刑事は先ほどよりも不敵な笑みを浮かべた。

「能力《ちから》が弱かったのかなあ、深里は思い出しちゃったけどね。そう、佐藤晃子がマッコイズで働いていた過去の事実を消したわ」

「何でそんなことを？」

「あの子ね、私を突き飛ばしたの。大悟くんとのあんな場面を見せられて、ボロボロになっていた私を突き飛ばしたのよ。ただ死んでもらうだけでは許せなかった。あの子はマッコイズが大好きだったわ。大悟くんともうまくやってたみたいだし。私が失踪して、さすがに良心の呵責を感じたらしく、バイト辞めちゃったけど、本当はずっとあそこにいたかったのよ。あの子の中で最高の思い出の場所だった。だから消したのよ。でもあの子の過去ではなく、あの子がマッコイズにいた事実を知る周りの人すべての過去を。急に連絡が取れなくなって、あの子寂しがってたわ。昔、あの子と深里と私で撮った写真があの子の部屋にあったの。友達面をして微笑んでるあの子を見ていると、腹立たしくてしようがなかった。その写真から私を消しといたわ」

深里は、笑いながらこんなに恐ろしい話を平気でする刑事に怒りがこみ上げてきた。

「確かにあなたはみんなからひどいことをされた。殺したくなるほどのことだったと思う。でもその人たちを殺したところで何になるっていうの。それにあなたはもう死んでるのよ」

深里の叫び声が静かな住宅地に響いた。

「あなたに何がわかるっていうのよ。信じる人たちに裏切られた私の気持ち、わかるわけないでしょ。私のしたことは正しいわ。正しい裁きをしたのよ。あとの人たちはあなたが分析したタロットカードの通りよ。大悟くんのときはさすがに少しためらいがあったけど、でも彼のしたことを考えれば死んで当然よ。しかし綿貫さんの失踪は予定外だったわ」

深里はその名前を聞いて思い出した。

「現在も失踪している二人はどうなったの？　浩太さんと彩子さんは？」

刑事は相変わらず、薄気味悪い笑みを浮かべながら言った。

「綿貫さんの行方はわからないわ。車までは発見できたんだけど、その車にはもう彼の姿はなかったわ。松井彩子はそろそろ私の能力も切れる頃だから、姿を現すんじゃないかしら。そう、私の二つ目の能力、マインドコントロールのね。でもね、この能力は使える人とそうでない人がいるのよ。私と同じ感情を持っている人でないとだめなの。同じ感情がシンクロしたときだけ使える能力なの。松井彩子は孤独だったわ。その孤独感は私とぞっくりだったからうまくいったんだと思うわ」

「もういいわ」

刑事はまだ話したそうだったが、深里はもうこれ以上何も聞きたくはなかった。

「これからどうする気なの？」

深里がそう言うと、刑事は首を傾げながら答えた。

「さあ、どうしようかなあ。あっちの世界には行きたくないし」

「あなたはその世界に行くべき人なの。お願いだから……」

深里の頬には大粒の涙が流れていた。目を真っ赤にさせながら、深里は返事を待っていた。

返事は二通りしかない。深里は良い方の返事を期待したが、もし悪い方の返事を想子がした場合、深里は自分のするべきことを心に決めていた。

「怖いよ、やっぱり死ぬの怖いよ。ずっとここにいたいよ」

先ほどまでの笑顔はどこかに消え去り、刑事は今にも泣き出しそうな顔をしている。しかしそれは深里にとって聞きたくない方の返事だった。

深里はゆっくりと刑事に近づいていった。

人の体内から出た血が温かいものだということを、深里はこのとき初めて知った。両手で力一杯握りしめたそのカッターナイフは、刑事の脇腹に根本まで突き刺さっている。流れ出た血が深里の手から腕へと這ってくる。

刑事は涙を流し、そしてうっすらと笑った。このときを待っていたかのようだ。歯止めの利かなくなったその憎悪を誰かに止めて欲しかったのではないだろうか。最高の親友だった弘光深里に止めて欲しかったのではないだろうか。だから刑事は深里に近づいたのだ。

深里は再び両手に力を入れてカッターナイフを引き抜いた。

刑事は動かなかった。

突風が辺りの砂を巻き上げ、深里と刑事に襲いかかった。あまりの激しさに、深里は腕で目を覆い、しゃがみ込んだ。

一瞬の出来事だった。深里がゆっくりと目を開いたときには、もうそこには刑事の姿はなかった。

深里は突風に襲われながら確かに聞いた。

「私のような人を助けてあげて。深里にはできるわ」

想子の最期の声だった。

エピローグ

その日は平日だというのに、マッコイズ相模原緑地公園店は朝から大忙しだった。隣接するスーパーマーケットで本日発売の『プレステ3』を販売している影響かもしれない。インターネットでの通信予約が当たり前となった今日だが、これらの日本全土を震撼させるような商品はいまだに回線混乱が生じる。特に今回はこのハードの販売に合わせて『ドラゴンファンタジーXV』というモンスターソフトが発売される。これは附属の『バーチャルトリップツール』を身体の各部に装着し、専用ヘルメットをかぶることにより、バーチャル空間で自分自身が主人公になり冒険をすることができる実体験ゲームである。テレビを使用しないテレビゲーム時代の到来であった。人々はこの画期的なゲーム革命に陶酔し、昨晩からスーパーマーケットの前に長蛇の列ができていた。

弘光深里は、その忙しさにも慌てることなく、淡々と仕事をこなしていた。入社してからというもの、毎日の仕事を消化することで精一杯だった。ゆっくりと昔のことを思い出す時間すらなかった。それが思わぬ母親の訪問で、急に昔を思い出すことになった。化粧室では思わず涙を流してしまった。忘れていたわけではない。思い出そうとしなかっただけなのかもしれない。

深里はその後、あのときの話を口にしたことはなかった。不思議と誰からもその話を聞かれることはなかったし、自分から話をすることもなかった。

夢だったのかもしれない。何度もそう思った。夢であってくれたらどんなにすっきりすることか。あんな非科学的な体験はその後一度も起きていない。結局あの二ヶ月間だけの出来事で、後にも先にももうないだろう。


関口恵は短大を中退して結婚した。今では二児の母である。二歳になる男の子をベビーカーに乗せ、九ヶ月の女の子を抱いてときどき店にやって来る。たまに育児を亭主に押しつけて、深里と二人でショッピングを楽しんだりもする。自由奔放な性格は母親になっても変わらなかった。

石原まゆみは高校を卒業して北海道の大学に入学した。深里とまゆみは高校を卒業するまで、マッコイズでともに過ごしたが、大学に入ってからはその距離の遠さからか、次第に連絡を取らなくなった。現在、どこで何をしているのかは不明であった。

東吉次、大羽麻里子は配属こそ違う店舗であったが、今や深里の上司であった。池澤洋平は一連の事件の後、その責任をとるかたちで辞職した。

綿貫浩太、松井彩子は依然行方不明のままである。もしかするともうこの世にいないかもしれない。しかし死体が発見されたわけではないので、結局何もわからないままだった。

「弘光マネージャー、ちょっと来てください」

高校に入学したばかりで、まだあどけなさが残るそのアルバイトの女子高生はレジのＤＶＤ画面を見つめて困惑の表情を浮かべている。

「どうしたの？」

深里は優しい口調でそう言うと、ＤＶＤ画面にエラー表示が出ているのを見つけた。「エラー９・音声認識エラー」と表示されている。

またこれか。

深里はお客様に注文を確認し、レジを手動で打ち直し、エラーを回避した。マッコイズでは今年から「セルフオーダーシステム」を導入した。これはお客側が自分でレジのマイクに注文をすると、コンピュータがこれを感知してレジのＤＶＤ画面に注文を表示する。これはリアルタイムで厨房の各ポジションに設置されたＤＶＤ画面にその注文が表示され、それを見て製造者は商品を製造する。カウンターの女の子たちは画面表示の注文品を取り揃えて会計をする。一人の女の子が二台から三台のレジを担当できる画期的な人件費削減のシステムである。

言葉によるコミュニケーションが少なくなった分、女の子たちの仕事中の無駄話は非常に目に付く。カウンターの脇で二人の女子高生アルバイトが白い歯を見せながら、大声で世間話をしている。昨日のテレビのオーディション番組で『モーニング娘。』に入った二十七人目の新メンバーの話をしている。深里が注意すると申し訳なさそうに「すいません」と謝って身の回りの掃除を始めた。
自分はあの日の約束を守れているのだろうか。想子は自分のような人を助けてあげてと深里
に懇願した。深里もできる限りのことをしようと誓っていた。
ひょっとしたら、すぐそばに想子のように誰かの助けを必要としている子がいるかもしれな
い。しかし自分はそのことに気付いていない、そんなことがあるかもしれない。特に最近の高
校生は内に秘めた感情を決して表に出したりしない。深里は自信をなくしかけていた。
「どうした？　何だか元気ないな。せっかくお母さんが訪ねてきてくれたのに。おまえらしく
ないぞ」
店長の片野が深里の肩をポンと叩いた。
確かに自分らしくない。私の取り柄は元気なことだ。あれこれ深く考えても仕方がない。
深里は満面の笑顔で言った。
「いらっしゃいませ」
外は雲一つない青空だった。

第二部

◆

TIME

プロローグ

「お母さん、お腹空いたよ」

少年は母親の手を引っ張り、すがるようにそう言った。

「もうすぐ配給が来るからね。きっとこの砂嵐のせいで遅れてるのよ。もう少しだけ辛抱してね」

そうは言ったものの母親は確信していた。配給など来ないということを。

もう限界だ。

最後に来た配給は四日前である。わずかな米とバケツ一杯分の水を置いていっただけである。その米も水も底をつこうとしている。少年は育ち盛りだというのにガリガリに痩せて、生きることだけに精一杯であった。父親は政府主導の復興作業に駆り出されていて、もう何ヶ月も家には帰っていない。

せめてこの子だけは、燦々と照りつける太陽の下で、緑溢れる木々に囲まれた生活をもう一度させてあげたい。

母親であれば誰もが願うささやかな願いであった。しかし家から一歩外に出ると、そのささやかな願いは叶いそうもないことが明らかであった。

母親は放射能から身を守るため、防護服を着て外に出た。もうほとんど放射能は残っていないため、防護服の着用義務はなくなっていたが、あの政府の言うことなど今は何一つ信じられなかった。

辺りは相変わらず砂嵐が舞っている。太陽は灰色の煙のような雲に隠れてわずかな光を放っているだけである。木々は枯れ、今や廃墟のように見える鉄筋の民家がただ並ぶだけの光景であった。

核の冬である。二〇二八年、政府が勝手に起こした戦争は一年前あっさりと終結した。わずか一年足らずの戦争であった。多国籍軍から落とされた核爆弾によって、政府は無条件降伏をした。核爆弾とはいっても放射性が極めて低いものだったため、この程度で済んだものの、一歩間違えれば国家存亡の危機であった。

母親は天を仰いで、しばし呆然としていた。

きっと何とかしてくれる。あの人がこの時代を変えてくれる。

少年はそんな母親の姿を家の窓から静かに見つめていた。

男は全裸であった。四番目の部屋の大きな自動扉が開き、男はゆっくりと歩き出した。これまでの三つの部屋は大した機材もなく、赤や青の光線を体に当てられたり、激しい突風が体中を覆い尽くしたりというクリーニングルームであった。それらとは対照的に、四番目の最後の部屋には見たこともない機材が隅から隅まで、ぎっしりと置かれている。その中央に大きな透明のタンクが置かれ、何十本ものコードが取り付けられている。

男は迷わずそのタンクの前まで進んだ。白衣を身にまとった科学者がそっとタンクの扉を開け、男に中に入るように促した。男はタンクの中で体を寝かせ、そっと目を閉じた。異臭が鼻についたがそのイオンの臭いにも少しずつ慣れ、男はただじっとそのときを待っていた。

「総理、準備は整いました。発動のご指示を」

科学者は上方を見上げて言った。

そのタンクが置かれた部屋を見下ろせるガラス張りの部屋に数人の人物が静かに立っていた。「総理」と呼ばれた人物は腕組みをしたまま黙ってうなずいた。それが合図であった。

科学者は部下たちに指示を出し、その部屋を埋め尽くした機材が一度に動き始めた。タンクの中には少しずつ水のような液体が注がれている。液体が男の体を完全に飲み込んだとき、男は目を開けた。不思議と苦しくはなかった。液体に全身を覆われてはいるが、呼吸ができた。目を開けていても水中とは異なり、何の違和感もなかった。

液体がタンクいっぱいに注がれたとき、科学者は発動ボタンの前に立っていた。科学者がそのボタンを押すと、パソコンのキーボードのような長方形の物体が機材の隙間から現れた。パスワード入力用のキーボードであった。科学者は再び上方からその光景を眺める人物に目をやった。「総理」は依然腕組みをしながら黙って立っている。科学者は意を決したように、キーボードを叩き始めた。パスワード解除のブザー音が鳴り、正常に解除されたことを告げるメッセージがキーボードのすぐ横にあるメインディスプレイに表示されている。ディスプレイにはすぐに何かを問いかけるメッセージが浮かび上がった。科学者は続けて何かをキーボードに打ち込んだ。次の瞬間、キーボードは機材の隙間へ沈んでいき、代わりに小さな赤いスイッチのようなものが現れた。科学者は目を閉じ、精神を集中させるかのように大きく深呼吸をして、そしてスイッチを押した。

目を開け続けていることは不可能であった。科学者がスイッチを押した瞬間、タンクの中を満たした液体が発光した。部屋の中がその光に包まれ、上方で眺めている人物たちも手で目を隠すかのように覆っている。

発光は数秒でおさまった。科学者がゆっくりと目を開け、タンクを眺めた。少しずつ目が慣れていき、タンクの輪郭がとらえられるようになると、ふぅーっと安堵の溜息をついた。

タンクの中には発光がおさまった液体が何事もなかったようにゆらゆらと揺れている。

タンクの横のディスプレイには『2・0・0・0・』という四桁の数字が映し出され、そのあとに『COMPLETED』(完了)の文字が表示されていた。

タンクの中に男の姿はなかった。

静けさを取り戻したその部屋の自動扉が再び開いた。今度は全裸の女がゆっくりと歩み寄ってくる。科学者はさきほどの男のときと全く同じ要領で、作業を進めている。

「総理」はそこまでを確認すると数人の部下たちを連れ、その部屋を後にした。

彼らが最後の頼みの綱だ。これが失敗すればもう……。

「総理、早急にお逃げください。屋上にヘリが用意してあります」

「総理」が通路を歩いていると、正面から鬼のような形相をして駆けてきた人物が言った。

「革命軍が研究所内に侵入しました。我々の警備ではもう阻止できません」

「さあ総理、こちらへ」

引き連れていた部下の一人が階段を上るよう促した。黒いスーツに白のシャツ、そして黒いネクタイを身にまとう部下たちは一昔前のＳＰみたいなものである。現在は総理府内に直属の部下という立場で、ボディーガードをおいている。日々危険にさらされている立場としては当然のことであった。

屋上に用意されたヘリコプターはすでにパイロットが乗り込み、いつでも飛び立てる状態で待機していた。「総理」と数人の部下たちが順番にヘリに乗り込んでいった。

「待ちなさい。いい加減に降伏しなさい。あなたのやり方ではこの国はいつまで経っても良くならないわ」

黒ずくめの男たちはその声に反応し、一斉に銃を構えた。

「やめなさい。私が話をする」

「総理」はヘリコプターから降り、その声のもとへ歩み寄った。

「総理、危険です。お戻りください」

「大丈夫、彼女に私は殺せない。おまえたちはそこから動くな」

ヘリコプターのプロペラが巻き起こす突風とビルの屋上ということもあり、激しい上昇気流とが相まみえて、凄まじい激風が吹き荒れている。

「総理」が「彼女」と呼んだその女性は軍隊になる前の自衛隊が着用していた迷彩服を身にまとい、埃とちりで真っ黒になった顔など気にもせずに、神々しささえ感じるほど誇らしげに立っていた。

「あなたが政権を握っていては何も変わらないわ」

「総理」は「彼女」に一歩一歩近づきながら言った。

「では、あなたがこの国のリーダーになれば何かが変わるというのですか？　思い上がりもいい加減になさい。核の冬と化したこの国に、もう未来なんてないということがわからないのですか？」

「未来を信じられないような人に国民はついていけないわ。みんな未来を夢見て、今の辛い日々を生きているのよ。だから私がみんなの代表として今ここにいるのよ」

「総理」は「彼女」の目の前までやって来ると立ち止まり、そして大きく右手を振り上げた。

大きなパチンという音とともに「彼女」は横にひっくり返った。渾身の平手打ちを浴びた「彼女」はすぐに立ち上がり、「総理」を睨み返した。

「総理」はその鋭い眼差しにも少しも動じずに言った。

「この最悪の国家状態は果たして政府だけのせいですか？　そもそも何で平和な国際社会に戦争なんて時代遅れのものが起きたと思いますか？　すべて、皆さん一人一人のせいだということに何で気が付かないのですか。あなたたちの限りない欲望のせいで戦争にまでなってしまったのですよ」

「彼女」は何も言わずに聞いていた。

「でも良かったんじゃないですか。この戦争のおかげで全世界の人口は前世紀末の十分の一になったといいます。人口増加が問題になっていた昨今の世界事情に合わせて神が淘汰してくれたと考えれば自然の成り行きかと思えるのではないですか？」

「何が自然の成り行きよ。人がこれほど死んで、今でもなお死に直面している人が大勢いるのよ。それを見て見ぬ振りをするあなたに神を語る資格なんてないわ」

黙って聞いていた「彼女」も限界がきたらしく、大声で叫んでいた。

「ですから、ではあなたに何ができるというのですか？　その苦しんでいる人たちを救えるというのですか？　あなたの言うことは理想論でしかありません。あなたは神ではないのですから、思うだけでは何もできないのですよ。そういうところ、昔から全然変わってないようですね。いいい加減に現実を直視してくださいい、弘光深里さん」

一

今度はハートの形だった。大きな歓声とともに打ち上げられたその花火はピンク色のきれいなハートの形に広がり、そして散っていった。地元の小さな祭りの一行事として行われる花火であるから、それほど期待はできないと思っていたが予想をはるかに上回る規模の祭りで、花火もとても盛大なものであった。

急に決まったことだった。石原まゆみが職場でポツリと漏らした一言ですべては決定した。まさか本当に連れてきてくれるとは思わなかった。日帰りじゃなくて一泊でもできればもっとゆっくりできたのに……。

まゆみは青を基調とした清楚な浴衣を着て堤防に腰掛けながら、隣に座る男を見ながら思った。

「どうかした？　ほらっ、今度は星形だよ。思ってたより全然凄いな。来て良かったたな？」

甲賀聖司《こうがせいじ》のその言葉にまゆみは黙ってうなずいた。

夜空は雲一つない満天の星空であった。その中に花火が打ち上げられ、幾千にも分かれた小さな星が降ってくる。最高の光景であった。

八月も終わりに近づき、世のサラリーマンたちはお盆休みを終え、いつもどおりの仕事に就いていた。平日ということもあり、花火大会にしては珍しくそれほどの混雑も見せずにのんびりと座って観覧ができる最高の一時であった。唯一気に掛かるのはこの蒸し暑さで、毎日体験しているとはいえ、決して慣れることのできるものではなかった。

石原まゆみ、二十歳。高校を卒業後、ホテルマンやギャルソンを養成する一年制の専門学校に入学し、卒業後、相模原にあるホテル内のフレンチレストランに就職した。持ち前の明るさと誰からも好かれるその感じの良さはサービス業をするために生まれてきたのではとさえ思えるほどであった。現に高校時代は某ファーストフード店でアルバイトをし、その素質を充分に発揮していたのである。まゆみの今の目標は「公認ソムリエ試験」に合格し、あの憧れの葡萄の形をしたバッヂを胸につけてホールに立つことであった。そのために寝る間も惜しんで勉強し、日々の仕事では先輩ソムリエから少しでも多くのことを学ぼうと意欲を燃やしていた。百五十センチに満たないその小さな体からは想像もつかないほどのエネルギーをもった女性であった。

先週のことだった。その日は大雨で、最近では珍しく涼しいくらいの気候だった。雨のせいもあってか、ホテルの宿泊客以外の客足が悪く、レストラン「ラ・ファンテーヌ」にとっては八月に入って初めての暇な日であった。午後三時、遅い昼食をとりながらまゆみは先輩ソムリエの甲賀と世間話をしていた。

甲賀は大学を卒業後、大手の人材派遣会社に就職した。大学時代は文学部に籍を置き、特に西欧の中世の文学を研究対象としていたが、卒業後は全く畑違いのサービス業に就いた。まゆみの場合は母体の大手のホテルに籍を置き、その配属部署がレストラン「ラ・ファンテーヌ」という形なのに対して、甲賀は全く別会社の人材派遣会社から派遣された出向社員という立場であった。現在二十八歳、昨年、二十七歳という若さで「公認ソムリエ試験」に合格し、今や「ラ・ファンテーヌ」のホープであった。百八十センチの長身はまゆみと並ぶと実に三十センチ以上の差ができ、大人と子供のようであったが、その甘いマスクと誰にでも優しい性格からまゆみの憧れの男性であった。

まゆみが甲賀との世間話の中で今年の夏は花火を見られそうもないと何気なく言ったその一言ですべてが決定した。翌週、偶然にも二人が同じ日に休みであるため、その日に花火大会を見に行くことになった。早速まゆみはホテル内の書店で雑誌を購入し、その日に行われる花火大会を調べたが、一ケ所でしか催されていなかった。

無理だ。

その日行われる花火大会は静岡県の伊東温泉の地元の祭りの一行事としての花火大会だけであった。残念そうにまゆみがそのことを甲賀に告げると、「よし、そこに行こう」とあっさり決まってしまった。まゆみは、お互いに単休だし、そんなに遠くまでは無理だと言ったが甲賀は聞く耳を持たず、車ならすぐだと強引に決定した。かくしてまゆみと甲賀はこの伊東の地で最高の真夏の夜を過ごしているのであった。

きらびやかに分裂したその花火は小さな星形となって手が届きそうなところまで降ってきた。まゆみは今年初めて着る浴衣の少しはだけた裾を直しながら甲賀の肩によりかかった。

「今日は本当にありがとうございます」

まゆみは恥ずかしそうに顔を赤く染めながら、小さな声で言った。甲賀は何も言わずにまゆみの小さな身体を抱き寄せた。

花火大会も終盤を迎え、大きな花火が連続して上がっている。海沿いを走る国道は交通が完全に規制され、大勢の人たちが花火の美しさに酔いしれている。その人々の横を御輿を担いだ団体が大声を張り上げて通っていく。御輿の上には小学生くらいの子供が三人、おぼつかない足元を気にしながら乗っている。大人たちに負けじと声を張り上げている。日本の風物詩ともいえる光景であった。

祭りが最高潮に盛り上がりを見せた頃、堤防に腰掛けながらお互いの身体を寄せ合うまゆみと甲賀は信じられない光景を目の当たりにした。二人が腰掛ける堤防の下はテトラポットが入り組み、立入禁止区域となっている。その先はすぐ海で、そのずっと奥の沖の辺りの海上から花火は打ち上げられている。

ほかの見物客は誰も気が付いていないようであった。まゆみはもう一度目を凝らしてそこを見た。

おかしい。いくら夏だからって、いくら暑いからって、こんな夜中に、それも服を着たままなんて……。

それは間違いなく人間であった。まゆみのすぐ真下のテトラポットを目指して一直線に泳いでくる人間の姿があった。更に驚くべきは、なぜかその人は服を着たまま泳いでいる。暗くて確かなことはわからないが女性のようであった。

まゆみと甲賀は花火などそっちのけで、ただひたすらその女性を見つめていた。

女性は何とかテトラポットまで辿り着くと、最後の力を振り絞るかのように這い上がり、そしてそのまま動かなくなった。

まゆみと甲賀は互いの顔を見合わせると、次の瞬間には二人とも堤防から飛び降りていた。甲賀はジーンズにTシャツ、そしてスニーカーといったラフな格好であったため何事もなく着地したが、まゆみは浴衣に下駄を履いてのことなので着地と同時に下駄は脱げ、浴衣は裾がめくり上がり、太ももがあらわになった。まゆみは恥ずかしさのあまりしばらくその場にしゃがみ込んでいたが、そんなまゆみを気にすることなく甲賀は女性のもとへ走っていった。堤防から花火を観覧していたほかの人たちは何事かと、そろってまゆみと甲賀を注目している。そんな目線は気にもせず、まゆみは甲賀の後を追うように女性のもとへ走っていた。

女性は四十代後半くらいの年齢でカジュアルパンツに半袖のボタンダウンシャツを着ていた。口元がわずかに動き、呼吸をしていることは確認できたが意識はないようであった。

「しっかりしてください」

甲賀は女性の頬を軽く平手打ちして意識を戻そうとしていた。まゆみはただじっとその光景を見つめていた。

「ううう……」

女性はわずかに声を発した。甲賀は堤防からその状況を見つめる見物客たちに大声で救急車を呼ぶように指示をした。数人がざわざわと動き出し、見物客たちは花火などそっちのけで、まゆみと甲賀を注目している。

甲賀が見物客たちに指示を出している間もまゆみはずっと女性を見ていた。白髪がところどころに混じり、目元や口元の小じわはその女性の生活の疲れを表していた。

どこかで会ったことがある。

まゆみはふとそのような感情に襲われた。

こんな年齢の女性に知り合いなんていないはずなのに……。

まゆみは記憶をたどったがやはり思い出せなかった。

その瞬間、女性の目が見開いた。同時にその目はまゆみを凝視している。まゆみは全身に鳥肌がたつのを感じた。

「久しぶり、まゆみ」

女性はいきなり話し始めた。かすれるような小さな声であったが、その言葉ははっきりと聞きとれた。

「誰なの？　あなた」

女性はうっすらと笑みを浮かべた。

「そんなせつないこと言わないでよ。あんなに仲がよかったのに」

まゆみはわけがわからず、少々苛立ちながら聞き返した。

「だから誰なのよ。私はあなたなんか知らないわ」

女性は依然薄気味悪い笑みを浮かべている。

「恵よ、関口恵。高校生のとき一緒にバイトしてたじゃない」

まゆみは言葉が出なかった。

何を言っているの、この人は。

まゆみは関口恵という人物なら確かに知っていた。高校時代、まゆみと同じファーストフード店でアルバイトをしていた。年が同じということもあって、他の同年代の友人何人かと仲良しグループを構成していた。

恵は確か高校を卒業してから短大に進学したはずだ。最近は連絡を取っていないが、いくら何でも一年ちょっとでこんなに老けるわけがない。

まゆみが何が何だかわからなくなり、ただ呆然とするだけだった。

「まゆみ、早く逃げて……。早くしないとやつらが……」

女性はそこまで言うと再び目を閉じた。周りの観客に救急車の手配を頼んだ甲賀はまゆみとその女性のもとに戻り、女性の脈拍を計り始めた。

「だめだと思う。脈がもうない、ここまで泳いでくるのに力を使い果たしたんだろう。意識もないし……」

甲賀のその言葉にまゆみは驚いて答えた。

「えっ、今意識が戻ってたのに……。小さな声だったけどしっかり話してたのに」

「話した？　意識が戻った？　この人はずっとこのままだっただろ？　それとも僕が救急車を呼ぶように叫んでいたたったの十秒ほどの間に会話をしたとでも言うのかい？」

今度は甲賀が不思議そうな顔でまゆみを見た。

「全くどうしちまったんだよ。目の前でこんなことが起きて気が動転してるのはわかるけどしっかりしろよ。第一、君だってずっとそこで黙って立ちつくしてたじゃないか。会話なんてできるわけないだろ」

二人はしばし呆然としていた。

遠くから救急車のサイレンが聞こえた。

確かに私は女性と会話をした。甲賀さんだって見ていたはずだ。しかし甲賀さんはそんな会話はなかったという。何がどうなっているんだ。まるで私とあの女性以外の時間が止まってしまったかのような話だ。いくら考えてもわかりそうにない。こんな不思議なことはあのとき以来だ……。

二

「何やってるんだ、石原。すぐに片付けて料理長《シェフ》に頼んで作り直してもらえ」

久しぶりだった。支配人《メートル・ドテル》の山内貴弘《やまうちたかひろ》からこのようなお叱りを受けたのは入社したての右も左もわからなかった頃には毎日、いやそれどころか一日に何度も怒られたものだが最近は仕事にも慣れ、上司からの指示に従って動くだけではなく、自分で考えてサービスができるようになってきた。その著しい成長ぶりは周りの誰もが認めるところであった。そのまゆみが料理を落とすという何とも初歩的なミスをしてしまった。本日のコース料理のメイン料理である『仔羊のロースト』が見るも無惨な姿で床に散らばっている。

「すみません、すぐに片付けます」

まゆみが散らばった料理と粉々に割れた皿の破片を拾おうとしゃがみ込んだとき、背後から声をかけてくる人物がいた。

「片付けは僕がするから、それより料理長に言って、すぐ作り直してもらわないと。お客様を待たせちゃうから」

甲賀聖司はまゆみの耳元でそう囁くと割れた皿を拾い始めた。

「すみません、ありがとうございます」

まゆみは厨房に駆けていき、料理長の前まで来ると深々と頭を下げ、丁寧に謝罪した。

「料理長、申し訳ありません。私の不注意で料理を一品落としてしまいました。お忙しいところ本当に申し訳ありませんが、作り直しをお願いします」

料理長の寺島潤一《てらしまじゅんいち》は何も言わずにまゆみの髪の毛を引っ張り、深々と下げた頭を無理矢理起こし、そして睨み付けた。

「ばかやろー、てめぇ、何考えてんだ。こっちは客の食べるスピードに合わせて次の料理をこしらえてんだ。速すぎても、遅すぎてもだめなんだよ。いいか、コース料理ってのは一品が評価されるもんじゃないんだ。前菜《オードブル》からデザートまでの流れ全体を評価してもらうんだ。おまえはその流れを台無しにしたんだぞ。コミ・ソムリエのくせにテーブル担当につくなんて十年早い。空いた皿だけ下げてろ」

寺島は大声で怒鳴りつけると周りの料理人に代わりの料理を作るように命じ、奥のスタッフルームに入っていった。

涙が出そうになった。今にも流れ落ちそうな涙をぐっと抑えてまゆみはホールへと戻っていった。

泣いちゃだめだ。こんなことで泣いていたらこの先もっと辛いことがあったときに耐えられない。もう学生じゃないんだ。泣いたって誰も助けてはくれない。しっかりしなきゃ。早く一人前のソムリエになって、『コミ・ソムリエのくせに』なんて言われないようにしてやる。

　昔から負けん気の強さは誰にも負けないと自負していたまゆみであったが、社会人になってからというもの、それでもへこたれてしまうことも幾度となくあった。

『コミ・ソムリエ』とは簡単にいえば「見習い」のことである。ソムリエ試験に合格しているか否かで、客へのサービスがそれほど変わるとは思えないが、この世界ではそれこそがすべてであり、その差が仕事内容にも大きく影響するのである。

「昨日のことが気になっているのか？　それとも帰りが遅かったせいで寝不足か？」

　割れた皿と飛び散った料理の片付けを済ませた甲賀が声をかけてきた。

「いえ、そんなことはないです」

　まゆみは申し訳なさそうに小さな声でつぶやいた。

「だったらもっとビシッとしろ。お客様は君の個人的な体調や精神状態なんてわからないんだ。ただ楽しい一時を過ごしたいと思ってやって来るんだ。その手助けをするのがソムリエやギャルソンの仕事だ。一度ホールに立った以上はプロなんだ。プロならプロらしくしろ」

　まゆみは自分にはまだ甘えがあったことを甲賀のこの言葉で痛感させられた。支配人と料理長に怒られた後に甲賀が声をかけてきた。優しい言葉をかけてくれると思ったし、それを期待した。しかし支配人や料理長以上に厳しいことを言ってきた。

　これが社会なんだ。社会で働くということはこういうことなんだ。早く甘えをなくさないと。

確かに厳しい世界だった。社会というものはどこでも厳しいのは当たり前だが、その中でもこの料理人の世界は特に厳しい世界である。そんな中でたたき上げられて支配人になった山内や料理長の寺島の厳しさは他に類を見ないほどであった。

支配人の山内貴弘は四十五歳、背丈は百六十五センチほどだが恰幅が良く、実際の身長よりはるかに大きく見える。「ラ・ファンテーヌ」が提携している本場フランスのレストランでの五年の修業を経て支配人になった人物である。

料理長の寺島潤一は四十歳、長身ではあるが痩せているせいか、一見ひ弱そうに見える。弱冠十八歳で渡仏し、十年間をフランスでの修業に費やした。十八歳から二十八歳の十年間、世間の若者がもっとも遊びたがるこの時期を、修業のためだけに費やしたその意志の強さが四十歳という若さで、これだけの大ホテルのレストランの料理長を任されるほどの結果を作ったことは言うまでもない。しかしその分、気難しく、堅物であることもまた言うまでもないだろう。

「石原さん、早くホールに来て」

甲高い、よく通る石井麻衣《いしいまい》の声が厨房中に響き渡った。甲賀に頼まれたワインをセラーに探しに行っていたまゆみは急いでホールへ戻ってきた。

「予約以外のお客様が急に入り始めたの。ディナーにしては珍しいわ。私たちもテーブルを担当しないと回らなそうよ。それくらい自分の判断でできるようにならないといつまで経っても見習いのままよ。じゃあ、石原さんは四番をお願いね。しっかり頼むわよ」

石井麻衣は入社三年目の二十三歳。短大を卒業してこの仕事に就いた。しかしながら、依然ソムリエ試験には合格しておらず、まゆみと同じコミ・ソムリエであった。まゆみにとってはまさに目の上のたんこぶであった。何かとまゆみを目の敵にし、いじめとも思えるほどの扱いをしてくる。まゆみはそのいじめにもぐっと耐え、いつか石井を抜いてやると意欲を燃やしていた。

まゆみが任された四番テーブルは二十代後半の女性客二名であった。

女性が二名か、比較的やりやすいかな。

この仕事は特にやりやすい客とそうでない客とがある。女性客二名が比較的やりやすいとまゆみが思った理由は、サービスをする側もそれほど気を遣わなくて良いからである。同年代の女性が二名、おそらく友人か、親しい間柄の先輩後輩である。この手の客は自分たちの予算に合わせて、口に合う料理とワインをしっかり決めて注文する。ソムリエ側としては少々物足りない部分はあるが、下手に気を遣わなくて済むのが利点である。逆に非常に気を遣うのが「接待」である。接待する側からの要望でとにかく先方を満足させてくれと頼まれる。こういう漠然とした注文ほど難しいものはない。料理は一番高いコース、ワインはとにかく高いワイン、ワインと料理との相性などどうでも良いのである。また高いワインといっても「ラ・ファンテーヌ」ほどのレストランともなれば何百種類ものワインを揃えている。それでいて何十万円もする「ロマネ・コンティ」など出した日には会計《チェック》のときになって、何でワインがこんなに高いのかと文句を付けてくるものである。幸いまゆみにはそういう高度な接客技術を必要とする役はまだ回ってこないため、その心配をする必要はなかった。

「いらっしゃいませ。お決まりでしたら食前酒《アペリティフ》から御注文を頂けますでしょうか？」

まゆみは四番テーブルの前に立ち、お決まりの台詞を言い終えると、二人の女性客に目をやった。ソムリエの仕事はまず観察することから始まる。その客の身なり、持ち物、話し方、そして顔つきなどからどのような仕事をしているのか、今日は仕事帰りなのか、疲れているのか、そしてどれくらいの予算で食事がしたいのか、それらを様々な角度から観察、分析しなければならない。

手前の女性は会社帰りね。しかも一日中デスクワークをする仕事で、少し疲れ気味みたいだわ。

まゆみがそう分析した理由はその女性の履いているタイトスカートに座ったときにできる「しわ」がくっきりと出ていることと、頬に塗られたファンデーションが何度か重ね塗りされた後があったからである。スカートにそれほどはっきりと「しわ」ができるということは相当、長時間椅子に座っていた証拠であり、ファンデーションの重ね塗りは何度も化粧をし直した証拠で、常に化粧を気にしなければならなかったということである。休日に化粧を何度もし、ずっとタイトスカートで座り続けている人なんてまずいないであろう。

この人にはあんまり重たい料理は奨められないな。仕事の後の疲れた体にはさっぱりしたものがいいわね。それに比べて、こちらの女性は……、あれっ……。

「麻里子さん、麻里子さんじゃないですか？　大羽麻里子さんでしょ？」

麻里子と呼ばれた女性は鳩が豆鉄砲をくらったかのような表情でまゆみを見ている。

「私です。石原まゆみです。高校生のとき、バイトでお世話になっていた……」

大羽麻里子は依然として信じられないといった表情でまゆみを見ている。

「どうしたんですか？　忘れちゃったんですか？」

「い、いえね、もちろん覚えてるんだけど、まゆみちゃんここで何をしているの？」

麻里子はやっと口を開いたが、まだ納得のいかないといった顔つきをしている。

「何って、このレストランで働いてるんですよ。正社員ですよ。ソムリエの資格取るためにがんばってるんです」

まゆみは元気いっぱいの明るい笑顔で答えた。

「だってあなた、北海道の大学に行ってるはずでしょ？　いつ帰ってきて就職したの？」

今度はまゆみが面食らった。

「北海道の大学？　何言ってるんですか？　誰か他の人と間違えてるんじゃないですか？　私は高校を卒業して一年制の専門学校に入ったんです。そしてここに就職したんです。ずっとこっちにいましたよ」

まゆみと麻里子の会話は全くかみ合っていなかった。その証拠に麻里子の連れの女性が一番不思議そうな顔をしていた。

石原まゆみは高校時代、ファーストフード店「マッコイズ町田青葉店」でアルバイトをしていた。高校二年の夏、それまで住んでいた山梨県から家庭の事情で東京の町田市に引っ越してきた。そのときから高校三年の秋までアルバイトをした。大羽麻里子はそのときの社員であった。唯一の女性社員ということもあり、女子アルバイトたちの良き相談相手であり、理解者だった。特にまゆみが引っ越してきたばかりの高校二年の夏には、「マッコイズ町田青葉店」のスタッフを巻き込む大きな事件があり、そのせいもあって関係者たちはより一層の結束を深めた。

「でもやっぱりおかしいわ。私ね、地域社員だから今もあの店にいるの。それでこの前、お店宛てに手紙が来たのよ」

麻里子は納得がいかないといった口調で話した。

「何の手紙ですか？　誰からの手紙ですか？」

まゆみがそう尋ねると麻里子は即答した。

「あなたからよ。あなたの近況が書いてあったわ。あなたのことを知っているバイトの子たちと読んだのだから間違いないわ。一生懸命がんばってるって書いてあったわ。北海道でがんばってるって……」

三

「機長、お疲れさまでした」

「ああ、お疲れさん」

今回のフライトも無事終わった。

いつもより騒がしい乗客たちが下降ステップを降り始めている。

九月下旬の日本、つい十時間ほど前までいたシドニーと比べると湿気の多い蒸し暑さに不快感を覚える。しかしそんな蒸し暑ささえ彼らの熱気には到底及ばないであろう。おそろいのサッカー日本代表のブルーのユニフォームを身にまとい、試合中さながらの応援をここ成田空港で行っている。

オーストラリアのシドニーはオリンピックの真っ最中、特にサッカーに至っては史上最強と称される日本代表が予選リーグを二連勝していた。同グループのブラジルのよもやの敗戦のため、最終戦の対ブラジル戦まで決勝トーナメント進出が確定しなかった。そこで旅行会社が急きょ企画したのがこの「0泊二日、ブラジル戦日本代表応援ツアー」であった。その帰国便が今まさに成田空港に到着したところだった。ブラジル戦では残念ながら0対一で敗戦したが、一戦、二戦の勝利で勝ち点を稼いだ日本は見事に決勝トーナメント出場を決めた。日本は今やその話題でもちきりで、当然現地で応援をしてきた彼らのテンションは最高潮だった。

凄いパワーだな。私にも分けて欲しいくらいだ。よく見れば私と同年代の男性もいるじゃないか。仕事はどうしたんだ？　全く気楽なもんだ。

石原武史《いしはらたけし》はたまたまこのツアーの帰国便の機長を任された。オリンピックや、ましてやサッカーなど全く興味のない武史にとって、0泊二日のシドニーへのツアーの話を聞いたときにはどんな物好きがそんなツアーに参加するのかと不思議でしょうがなかった。しかしいざその乗客を見てみると、まずその人数に驚いた。数人ならともかく、こんな急で、無謀なツアーに百人以上の人が参加していることは全く考えられなかった。

家族は何も言わないのか？　一家の主がこんなくだらんことをしていて。

石原武史はパイロットという子供なら誰もが憧れる仕事に就いているが、ここまでの人生は決して順調なものではなかった。長女の理世《りよ》が産まれたとき、武史は十九歳、妻に至っては十六歳という年齢だった。当然、双方の家族からは反対された。しかし武史は結婚し、子供を育てる道を選んだ。後悔はしていない。むしろその選択をした自分を誇らしくさえ思った。

あんなに必死に勉強してパイロットになったんだ。私の人生は絶対に誰にも否定させやしない。

武史は自分の人生を後悔こそしていなかったが、反省すべき点はいくつもあると思っていた。

その一つは長女、理世のことだった。彼女の誕生後、武史は必死に勉強をして、必死に働いた。妻も育児をしながら大検取得のために勉強を続けた。知らず知らずのうちに娘に注ぐべき愛情が薄れていたのではないか、そう考えるようになった。理世は中学生の頃からぐれはじめ、高校生になった頃にはほとんど家に帰らなくなった。自由奔放に育ててきたのが裏目に出たのだと武史は考えた。現に理世は今年で二十八歳になるが、定職にも就かず、相変わらずふらふらしている。対照的に厳しく育てた妹のまゆみは芯の通ったしっかり者に育った。高校生のときから自分の進みたい道をしっかりと見つめ、大学には行かずに専門学校に進学した。ソムリエになることを夢見て現在はフレンチレストランに勤め、修業に励んでいる。

ちょうど遅い夏休みがとれたところだ。たまには家族そろって食事でもするか。どうせならまゆみの働くレストランに行くのもいいな。

「機長、お疲れのようですね。大丈夫ですか?」

副機長が武史に声をかけた。

確かに少し疲れた。さすがに年かもしれない。若い頃ならこんなフライト何でもなかったのに。いや、正確には疲れないわけではなかった。しかしその疲れがすぐにとれたものだ。今では一日寝たくらいではなかなか疲れがとれない。情けない……。

「先に降りていてくれ。すぐ行くから」

副機長たちを先に降ろした武史はコックピット内の安全点検を済ませ、後はメンテナンスの者に任せようと思った。

おかしい。室温調整機能に異常があるのだろうか？

武史はコックピット内の室温を確認したが正常値を示していた。念のため、客席の室温も確認したが異常は見られなかった。

どういうことだ？　何でこんなに寒いんだ？　計器類が壊れているとは考えられない。ついさっきまでフライトしていたんだから。私の身体がおかしいのか？

バチン。大きな音とともにコックピット内のすべての電気が消えた。機材もすべて電源が落ち、作動していない。

何が起こったんだ？　現代の最新科学の結晶ともいえる国際空港で、しかも飛行機内でこんなことがあるわけがない。

寒さは更に増していった。武史の吐き出す息は白い煙となって舞い上がった。

とにかく外に出よう。

武史は手荷物を持ち、コックピットのドアに手をかけた。

開かない。

コックピットのドアは内部からしかロックができない。しかし武史のいる側の内部のロックはかかっていなかった。

非常用の電気系統も無線も動かない。こんなことあるわけがない。

現在、機内に残っているのはおそらく自分だけだと考えた武史はこんなときでも乗客がいなくて良かったと思った。

さあ、この状況をどう打開する?

武史は自分自身に問いかけたが解答は得られなかった。それでも何かしなくてはと考えた武史は非常用の電気系統をチェックし始めた。

おかしいところはない。どうしちまったんだ?

武史は機材のチェックに夢中になりすぎて、全く気がつかなかった。

小さな物音がした。それにつられて武史はコックピットのドアの方を見た。

あれだけ調べても開かなかったドアが開いている。しかも外側から開けられたようだ。しかし武史の目にはドアなど映っていなかった。不安と疑念と、そして恐怖のなかで武史は言った。

「君は誰だ?」

四

「お帰りなさいませ、課長。どうでしたか、初めてのアメリカでの契約は？」

「どうもこうもないわ。全く話にならない。何でアメリカ人ていうのは日本人を馬鹿にした見方しかできないのかしら。ヨーロッパの人たちとは大違いだわ」

「まあまあ、帰国早々そんなに苛立たれては体調に響きますよ。はい、どうぞ、日本茶です。これでもお飲みになって気を静めてください」

「ありがとう。いただくわ」

女子社員はお茶を出すと自分のデスクに戻り、再びパソコンのキーボードを叩き始めた。

「ふう、やっぱり日本は落ち着くわ」

日本茶を飲みながら、石原律子《いしはらりつこ》は大きく深呼吸をした。石原律子四十四歳、大手貿易会社の北米事業部の課長、そして石原まゆみの母である。以前は欧州事業部に籍を置いていたが、今回の人事異動でアメリカを担当することとなった。課長というポストこそ変わっていなかったが、担当地がアメリカになるということは大出世であった。律子はちょうど今、その初仕事の出張から帰ったところだがこの出張で得たものは何もなかった。

「課長、落ち着きましたか？　契約だめだったんですか？」

先ほどの女子社員が、律子の様子が落ち着いたのを確認して仕事の話に入った。

「日本での一連の食中毒や異物混入事件よ。先方もその話はしっかりおさえてたわ。今日本がその手の話に過敏になっていることもちゃんと知ってるし、だから先方としても卸値にそんなにリスクを負ってまで輸出したくないとのことよ」

「そうですか、それで今後はどうするんですか？　今回の話はなかったことにするんですか？」

「そんなわけにはいかないわ。うちみたいな食品一本の貿易会社がそんなことくらいで諦めていたらすぐに潰れちゃうわよ。有名百貨店だって簡単に経営破綻しちゃう時代なのよ。絶対に引き下がらないわよ。レートと搬入ルート、それからマージンを再検討してもう一度話し合うことにしてきたわ」

女子社員は尊敬の眼差しで律子を見つめていた。石原律子は社内でも有名なやり手であった。十六歳のとき子供を出産し、その後育児をしながら大検を取得、大学を卒業後現在の貿易会社に入社した。入社後に次女を出産したが、産休を取っただけですぐに仕事に復帰した。働く女性の憧れ的存在であった。仕事と家庭を両立しているかと問われれば、「はい」とは答えられないということを律子は承知していた。しかし、十六歳で子供を産み、入社後次女をも育てながらここまで働いてこられた自分の努力は認めていた。

「課長、そういえば娘さんから出された宿題っていうのは解決したんですか？」

女子社員の唐突な質問に対して、律子は困惑の表情を浮かべた。

「契約の方がこじれちゃってそれどころじゃなかったわ。教えてもらった場所にも行けなかったし……」

「よろしかったらその宿題の話、もう少し詳しく聞かせていただけませんか？」

女子社員は興味深そうに聞いた。

「そんなに大した話じゃないのよ。この前私が北米事業部への異動が決まったときのことなんだけど……」


「へぇ、それってやっぱり出世なんでしょう？　その年でまだ出世しちゃうんだから凄いよね」

「何言ってるのよ。お母さんまだまだこれからよ。今仕事が楽しくてしようがないんだから。そういうあなたは順調なの？　まゆみ」

「私は順調よ。ソムリエ試験の勉強だってがんばってるし、何ならお父さんと二人で一度私のお店に食事に来たら？　私がテーブル担当をさせていただきますわよ」

夜十一時を回っていた。まゆみも律子も仕事柄帰宅が遅く、顔を合わせるとしたら、この時間と朝の出勤前の数十分だけであった。

「今日はね、お母さんにプレゼントがあるの。昇進祝いということで。はい、どうぞ」

「あら、珍しい。どういう風の吹きまわし？　あっ、ワインね。おいしいワインなのかしら？」

「もちろんおいしいけど、それだけじゃないんだ。そのワインのエピソードがね、お母さんにぴったりだからそれにしたの。結構高いワインなんだからね。お父さんと一緒に大事に飲んでよ」

「ありがとう。で、そのエピソードって何よ?」

「それは自分で調べてください。これから仕事でアメリカに行くことも多くなるんでしょう?そのワインはカリフォルニア産で、そっちでは凄く有名なワインだからすぐわかるわよ」


「それで何ていうワインをもらったんですか?」

女子社員は更に興味を抱いたらしく、身を乗り出して聞いてきた。

「『カレラ・ピノノワール・ジェンセン』ていうカリフォルニアの赤ワインなのよ」

律子のその言葉を聞くと、女子社員の目の色が変わった。

「なるほど、そういうことですか」

「何、わかったの?」

「はい、わかりました。私こう見えても相当のワイン通なんです。実家が酒屋だからってこともあるんですけど」

「わかったのなら早く教えてよ」

「そのワインは有名な話ですよ。課長、『ロマネ・コンティ』はご存じですか?」

「それくらいは知ってるわ。接待で何度か飲んだこともあるし、フランスのブルゴーニュ地方の一番高級なワインでしょう?」

「その通りです。で、お話のワインなんですけど、『ロマネ・コンティ』と味がそっくりなんです。いえ、それどころか一部の評判ではそれ以上とされています」

「どういうこと? カリフォルニアのワインが何でフランスの特級ワインと似ているのよ?」

「そこなんですよ。フランスのロマネ・コンティ社で修業した一人のアメリカ人が母国に帰って、自分が学んだワインと同じかそれ以上のワインを作ろうとしたんです。ところがフランスとアメリカでは気候も土壌も全く違います。同じワインなんてできるわけがないんです。しかし彼は諦めなかった。何年もかけて必死になって探したんです。気候、土壌ともに『ロマネ・コンティ』の畑とそっくりな場所を。当時周りの人たちは彼を変人扱いしました。しかし、今彼を笑うものは誰もいません。それどころか『努力の人』という尊敬の目で彼を見ます。課長、誰かの人生にそっくりじゃないですか?」

そういうと女子社員はデスクの上で鳴り響く電話をとって仕事に戻った。

律子は一点を見つめたまま動かなかった。頬を流れ落ちる涙が唇に当たったかすかな感覚で我に返った。娘の何気ないプレゼントがそんな意味を持っていたとは全くわからなかった。律子は化粧室に走った。

まだ子供だと思っていたのに。

律子は涙をハンカチで拭いながら思っていた。

自分は間違っていなかった。理世も今はあんな風だけど、いつかきっと……。

涙が止まらなかった。アイシャドウもファンデーションも涙で落ちてしまっている。

化粧を直さないと。仕事に戻れないわ。

律子は洗面所の鏡に向かい、ファンデーションを塗りなおした。

何だか少し寒いわね。空調効きすぎみたいね。管理室に言ってやらなきゃ。トイレをこんなに冷やしてもしょうがないじゃない。

瞬間、律子の視界が真っ暗になった。

停電？

律子は壁についている電気のスイッチを探した。何度もカチカチと押してみたが明かりは消えたままであった。

少しずつ目が慣れてきたせいか、律子は辺りの様子を何となくではあるがうかがうことができた。

それにしても何でこんなに寒いんだろう？　ちょっと待って、停電してるのに寒いというのはどういうこと？　空調だって動かないはずでしょう？　どういうこと？

律子は暗闇に慣れてきた目を凝らして出入口のドアに向かった。

開かない。

この化粧室のドアに鍵はない。開かないということはあり得ないのだが確かにその扉は開かなかった。

律子は身の毛がよだつのを感じた。足が震えて動けなかった。

あれ？

洗面所の鏡にはうっすらとではあったが自分以外の人影が映っていた。

「何だ、私以外にもいたんだ。困りましたね、停電ですかね？」

鏡に映る人物は何も答えなかった。

五

「理世くん、片付けはその辺にして、僕らも晩飯食べちゃおう」

「今終わりますので、先に召し上がっていていてください」

九月も終わりに近づくと、高原の避暑地ともなれば夜は寒いくらいである。山梨県八ヶ岳高原、八月は都会の蒸し暑さから脱出してきた家族客や、大学のサークルやゼミの合宿地としてにぎわいを見せる。九月の中旬までは大学が夏休みということもあり、そこそこの客足ではあるが、九月の下旬になるとぱったりと客足は減る。現に今日もペンション「フープ」の客は若いカップル一組だけであった。

「お疲れさまです。片付け終わりました」

石原理世《いしはらりよ》はそう言うと、従業員用の控え室の座敷に腰を下ろした。

「お疲れさん、さあ食べて、食べて」

「ありがとうございます。いただきます」

理世は少し遅めの夕食をとり始めた。

「もうすぐ理世ちゃんともお別れね。本当によく働いてくれたわ。ありがとう」

「奥さん、それは最後の日まで言わない約束ですよ。昨日も支配人が同じこと言うから怒ったところですよ」

理世は客に出した夕食と同じ「鮭のムニエル」を食べながら言った。

「いや、理世くん、君は良く働いてくれたよ。先月いっぱいで辞めていったあの大学生たちとは大違いだ。しかし、初めてここへ来たときの君の格好には驚かされたけどな」

そう言うと支配人は大げさに笑った。

「支配人、それも言わない約束ですよ」

理世はばつが悪そうに少し顔を赤くしながら言った。

石原理世は石原まゆみの姉で、今年で二十八歳になるが定職には就いていない。理世は七月の初旬にここペンション「フープ」での住み込みのアルバイトを始めた。忙繁期である夏季限定のリゾートバイトというやつである。このアルバイトのメリットは、限られた期間でまとまった収入が得られることと、住み込みということから「衣食住」の「食」と「住」が保証されている点である。そしてリゾート地ということから、都会の厳しい暑さを避け、避暑地で一夏が過ごせるのである。理世がこの仕事を始めた理由はそれらのメリットの中のまとまった収入が得られるという点からであった。八月の一ヶ月間は学校が休みである大学生もアルバイトにやってくるが、七月と九月はほとんどアルバイトがいないのが現状であった。そんな中での理世のようなフリーターのアルバイトは重宝がられた。しかし理世が初めてこのペンションの門をくぐった日、支配人は理世を採用こそしたものの、長続きしないであろうとたかをくっていた。それは理世の身なりからの判断であった。原色のピンクとブルーを基調とするキャミソールに厚底サンダル、髪は金髪で鼻にはピアスをしている。そして肌の色は褐色であった。とても二十八歳の女性とは思えない格好であった。しかし支配人のその印象は、理世が働きだして一週間も経たないうちに消え去ることとなった。朝は支配人夫妻が起きるよりもはるかに早くから起き、庭の掃除を済ませ、朝食の準備を始めている。料理の腕も申し分なく、客数の少ない日には理世一人で調理をしてしまうこともあった。八月に入り、大学生のアルバイトが数人訪れたが、あまりの理世との働きぶりの違いに支配人は頭を痛めた。

「申し訳ないね。十月、十一月は客足もほとんどないから僕たち夫婦だけで充分なんだよ。もし良かったらスキー客でにぎわう一月からまた来てくれないかなぁ」

支配人は名残惜しそうな表情を浮かべて言った。

「ありがとうございます。お気持ちは嬉しいんですけど、私四月から学校に行くんです。そのための資金もやっと目標額まで貯まったので……」

「それは残念だわ。理世ちゃんがいてくれてとても助かったわ。こんなに余裕をもって仕事ができた夏は初めてよ」

奥さんはうっすらと涙を浮かべて言った。

「介護福祉の専門学校に行くんだっけ？　すばらしいことだよ。君みたいな人ならきっとうまくいくと思うよ。がんばれよ」

　支配人も目に涙を浮かべながら言った。

「はい、がんばります。私、今までいっぱい他人に迷惑かけてきたんです。特に両親には言い表せないくらいの迷惑をかけてきました。今さらそれを償えるとは思いません。でも少しでも、自己満足かもしれませんが、少しでも人の役に立つことがしたくて……。それでもう一度一から勉強し直そうと思って、だから学校に行こうと思ったんです」

　理世も泣いていた。食卓を囲む三人、皆が泣いていた。

「何だかしみったれた夕食になっちゃったな。さあ、話題を変えよう。そういえば僕はよくわからんが、オリンピックでサッカーが日本は強いらしいな。テレビも新聞もそればっかりだ」

　わかりもしない話に無理矢理変えた支配人の心遣いに理世はより一層の涙を流した。

　ピンポーン。従業員出入口の呼び鈴が鳴った。

「誰だろう？　もう今日は配達の予定はなかったはずだけど……」

「ちょっと私見てきます」

　理世は小走りに出入り口へ向かった。

「どちらさまでしょうか？」

　理世がドアを開けると同時に二人の男女が入ってきた。男性の方はグレーの二つボタンのスーツに地味なネクタイをした四十歳くらいの冴えない男だった。対照的に女性は三十歳くらいのパンツスーツ姿のキャリアウーマン風であった。何にしろ、どちらを見ても客ではないことは明らかであった。

「突然ですがこちらに石原理世さんという方はいらっしゃいますか?」

男の方が理世を見るなり尋ねてきた。

「石原は私ですけど……」

男はその言葉を聞くと顔つきが険しくなった。

「私は東京の警視庁捜査一課の小沼《こぬま》です」

小沼は警察手帳を内ポケットから取り出し、理世の目の前に突きつけた。続いて女性の方が手帳を出した。

「同じく警視庁捜査一課の岡安《おかやす》です」

理世はわけがわからず、呆気にとられているだけだった。

「いきなりですが、一昨日あなたはどこで何をしていましたか?」

その言葉を聞いて、理世は大体の事情を察した。まず第一に何らかの事件があったということ。第二に警視庁捜査一課が出てきているということはその事件がおそらく殺人事件であるということ。第三に警察はその事件に理世が関わっていると思っているということ。別に後ろめたいものがなかった理世は堂々と答えた。

「一昨日はこちらの仕事で休みをもらっていたので、甲府まで出かけて買い物なんかをしていました」

「それを証明できる人はいますか?」

岡安と名乗った女の方が尋ねた。

「いえ、こちらに友人はいませんし、一人でぶらついていたので……」

「つまりアリバイはないということだな? それに一日休みだったのなら東京までも充分行って帰って来れるな」

小沼という刑事は憎たらしい笑みを浮かべながら言った。

「何があったんですか? 人を犯人みたいな言い方する前にちゃんと説明してください」

しばしの沈黙があり、そして小沼が口を開いた。

「とにかくこの先は署で話を聞くことにするよ。石原武史、律子の両親殺害について」

六

「というわけで、十月に入り今のうちに常連客を確保することが十二月のクリスマス商戦を制することとなる。幸い、八月、九月と順調に数字を伸ばしてきたわが『ラ・ファンテーヌ』ではあるが、それに油断することなくがんばって欲しい。私からの話は以上だが、今日のディナーから石原が職場復帰する。両親の不幸など、家庭の事情で休んでいたが、復帰した以上は今までどおり仕事をしてもらう。周りもそのつもりでいるように。いいな、石原?」

「はい。いろいろご迷惑をおかけしました。今日からまたがんばりますので、よろしくお願いします」

「それではミーティングを終わる。解散」

ディナーの前のミーティングの時間、支配人の山内の話が終わったところだった。

まゆみは気持ちの整理がついたとはいえないが、両親の葬式も終わり、その後の相続などの法務上の手続きも終えた。周りの人たちは、もう少し休んだ方がよいと気遣ってくれたが、くよくよしていても両親が帰ってくるわけではないと早々と職場に復帰した。両親の死ももちろん悲しかったが、それよりもまゆみに大きなショックを与えたのは、その容疑者として姉の理世が逮捕されたことだった。理世は定職に就かず、ふらふらと自由に生活していたが、まゆみとは非常に仲が良かった。警察にも姉がそんなことをするはずがないと散々訴えたが聞き入れてもらえなかった。

とにかく今は仕事に集中しなきゃ。

「大変だったな。何か困ったことがあったら言ってくれよ。僕にできることだったら力になるから」

甲賀がまゆみの背後から声をかけてきた。

「ありがとうございます。それからお葬式のときはいろいろ手伝っていただいてありがとうございました」

「あれくらいおやすいご用さ。また何でも言ってくれよ。さあ、仕事、仕事。がんばろうぜ」

甲賀はそう言うと予約客の方へと歩いていった。

「石原さん、いろいろ大変だったみたいだけど仕事はちゃんとやってよ。周りに迷惑かけないでね。ただでさえ、あなたがずっと休んでて大変だったんだから」

こんなときでも石井麻衣は相変わらずであった。

「それから、九番テーブルの二名様、テーブル担当をあなた御指名よ。知り合いなんでしょう？　でなきゃ見習いのあなたなんか指名するわけないものね」

全くこの人はこんな嫌みな言い方しかできないのかしら。でもおかげでやる気が出てきたわ。

まゆみは足早に九番テーブルに向かった。

「いらっしゃいませ。あっ……」

まゆみはその男女の顔を見て思わず声を上げてしまった。

「ちょっと、どういうつもりですか？　職場までおしかけて。警察っていうのは人の仕事の邪魔をするところなんですか？」

警視庁捜査一課の刑事、小沼規彦《のりひこ》と岡安詩織《しおり》であった。どうやら今回の事件の担当らしく、まゆみへの事情聴取はいつもこの二人だった。

「決してそんなつもりではないよ。ただ同僚と食事を楽しみに来ただけだよ」

小沼はすました顔で言った。

「あなたとの食事ではそちらの岡安さんは、とても楽しいとは思えませんがね」

まゆみは嫌みたっぷりに言ってやった。岡安が思わず、ぷっと吹き出したのに対して、小沼は苦笑いを浮かべるだけだった。

「私が話すべきことはすべて話しました。それから姉は絶対に犯人ではありません」

「そう、そこなんだよ。君の姉さんは、やってないの一点張りで全く進展しないんだ。それで……」

まゆみはそこで小沼の話を遮った。

「やっぱり捜査なんじゃないですか。いい加減にしてください」

「まあまあ、そんなに怒らないでくれよ。食事を楽しみに来たというのも嘘じゃないんだから」

「左様でございますか。それにしても似合わないカップルですこと。そちらの刑事さんはとてもお美しいのに、それに比べて……」

まゆみは先ほどよりもさらに皮肉を交えた言葉で言ってやった。しかしまゆみの言うことはもっともだった。岡安は薄いピンクのパンツスーツがとても似合っており、働く女性の美しさを発している。それとは対照的に小沼はよれよれのジャケットにもう寿命とも思えるしわくちゃのズボンといった姿であった。

岡安っていう刑事、小沼っていう刑事と違ってさっきからほとんど喋ってないけど……。凄いやり手に見えるんだけど……。

まゆみが興味深そうに岡安を見ていると、それに気付いた岡安は口を開いた。

「私は本当に食事を楽しみにきただけよ。経費でないとこんなところで簡単に食事なんてできないからね」

「岡安、おまえ何言ってんだ。こんな高級レストランの食事代が経費で落ちるわけないだろう」

岡安は小沼のその言葉を聞いて本気で怒りだした。

「冗談じゃないわ。実費であなたと食事なんてしなければいけないんですか？　だったらすべて小沼さんのおごりでお願いしますね」

「ちょ、ちょっと、そんなに大声を出さないでください」

まゆみはこの岡安という女性刑事の正直さに感心したものの、こんなに大声を出されてはほかの客に迷惑がかかるとすぐに制した。

「お客様、彼女はまだ見習いですので、お料理やワインのアドバイスも不充分かと存じます。よろしければ私にテーブルを担当させていただけないでしょうか？」

まゆみの背後から現れたのは、櫻井香織《さくらいかおり》、まゆみがもっとも尊敬する先輩ソムリエであった。

「あとは私に任せて」

香織はまゆみの耳元でそう囁くと、まゆみに下がるように指示した。

助かった。

櫻井香織は女性でありながら、「ラ・ファンテーヌ」のソムリエの中でもリーダー的存在であった。二十九歳というソムリエとしては決して年期が入っているとはいえない年齢であったが、その素質は他のソムリエの群を抜いており、あの甲賀でさえも香織には頭が上がらなかった。

注文を取り終えた香織がまゆみのもとへやってきた。

「刑事なんでしょ？　安心して、どうせもう二度と来ることのない人だから痛い目を見せてあげるわ。注文はこのワインよ。セラーから持ってきてくれる？」

香織はオーダー票をまゆみに見せた。

「えっ、本当にこのワインでいいんですか？」

まゆみは驚愕の表情を浮かべて聞いた。

「ええ、いいのよ。だってあの男が支払いするんでしょ？」

「まあ、そうですけど、『シャトー・ラトゥール』の八九年ですか？　いくら何でも……」

「これくらいしないと何度でもあなたのところへ来るわよ。さあ、早く持ってきて」

まゆみはワインセラーに走った。『シャトー・ラトゥール』といえば五万円もするワインである。普通この手のワインは客からの指定があったとき、もしくは予算の都合が合ったときだけ用意するものである。そうでないときは、注文された料理のコースの値段の半値くらいのワインを奨めるのが常識であった。

櫻井さん、意外と大胆なことするんだな。でも会計のときのあの男の顔を見てみたいのも確かだ。

「おい、石原、店が混んできた。早く戻れ」

支配人の声だ。

「はい、すぐに戻ります」

まゆみは香織に頼まれたワインを持ってホールに戻った。

「ありがとう、石原さん。あっ、それから今から甲賀くんがおもしろいことをするから見ておくといいわ。彼、あれが大好きなのよ」

香織はそう言うと、まゆみが持ってきたワインを持って刑事たちのテーブルに向かった。

甲賀さんが何をするっていうんだろう？

店内の照明の明るさが落とされ、ホールは薄暗くなった。ソムリエの一人がケーキをテーブルに置き、蝋燭に火を付けた。そのテーブルの客が誕生日なのである。甲賀は奥のスタッフルームからさっそうと現れた。

何？　甲賀さん、何を持っているの？

甲賀は左手にシャンパンを持ち、そして右手にはなぜか剣のようなものを持っている。甲賀はそのテーブルの前で足を止め、左手に持つシャンパンを高々と掲げた。次の瞬間、右手に持つ剣がシャンパンのコルクの部分を突き刺し、開栓した。コルクは派手な音を立てて上空へと舞い上がった。

「ハッピーバースデー」

甲賀のよく通る声がホール中に響き渡った。ほかの客も皆、拍手を送っている。おそらくこの拍手は誕生日の主役へというよりも、すばらしいパフォーマンスを見せた甲賀へ送られているものであった。

これがシャンパンサーベルかぁ。

シャンパンサーベルとは、誕生日などの祝いの席で余興として行われるシャンパンの開栓方法である。簡単なように見えるがサーベルのような細長い物体で、正確にコルクの芯を捉えるのは至難の技である。しかも、もし失敗でもしたら、その祝いの席が台無しになってしまう。

高度な技術と多大なプレッシャーをはねのける精神力が必要をされるなかで、いとも簡単に行ってしまう甲賀を、まゆみは改めて尊敬した。

「どうだった？　僕のシャンパンサーベルは」

甲賀がまゆみのもとへやってきて尋ねた。

「凄かったです。感動しました」

「本当に？　そう言ってもらえると嬉しいよ。君も少しは元気が出てきたみたいだね？　よし、じゃあ、もっと元気になってもらおう。今度の休みにどこか出かけよう。そうだな、どこに行こうかなぁ……」

甲賀はまゆみの返事を待たずに、ワインセラーへと消えていった。

七

「男の人って普通、こういうの苦手なんじゃないんですか？　甲賀さん、珍しいですよね」

「何を言ってるんだよ。遊園地に来たら絶叫マシンに決まってるだろ。『フジヤマ』はあと二回乗るからな。さあ、次行こう」

石原まゆみと甲賀聖司は休みを利用して、富士急ハイランドに来ていた。まゆみが両親の葬式を終え、職場復帰した日に強引とも思える甲賀の誘いでこの企画は実現した。

まさか遊園地とは思わなかった。それにしても遊園地なんて何年ぶりだろう？　高校生のときにみんなで行って以来だ。

「次はあれにしよう。今年の夏に新しくできたやつ。噂によると、とんでもなく恐いらしいよ。楽しみだなぁ」

甲賀の歩くスピードがそのアトラクションを見つけるなり一気に加速した。

男の人って、こういうところに来ると子供に戻っちゃうんだから。仕事中の甲賀さんとは全くの別人だわ。

まゆみは高校を卒業してからというもの、この道へ進むために必死に勉強してきた。そして仕事に就いた今でも、ソムリエ試験合格を目指して、日々勉強と修業の毎日だった。遊ぶ暇など、ましてや恋愛をしている暇など今のまゆみには皆無であった。

「そんなに走らなくても……、まだ時間はいっぱいあるし」

足早に急ぐ甲賀にまゆみは声をかけた。

「ごめん、ごめん。まだお昼前だもんな。確かに時間はたくさんあるな」

甲賀は少し照れながら笑って言った。

「甲賀さん、休みの日はいつもこんな感じなんですか？　仕事のときとは大違い」

「自分ではよくわからないけど、まあ、こんな感じだよ。とにかく休みの日には仕事のことは完全に忘れることにしているんだ。いつも仕事のこと考えてたら、頭の中仕事のことだけになっちゃってほかに全く余裕がなくなっちゃうだろ。お客様に余裕ある快適な時間を提供するソムリエが、自分自身に余裕がなかったら他人にそれを与えるなんて絶対無理だ」

まゆみは甲賀のその言葉を聞き、胸を刺された気がした。確かに甲賀の言うことはもっともだった。そう考えると今の自分は余裕のかけらすらない。まゆみは反省した。

「僕も君くらいのときにはがむしゃらに勉強して、ひたすら仕事をしたよ。でも今考えるとそのときの僕のサービスが充分なものだったかどうかは疑問だよ。勉強して覚えたマニュアルどおりの接客で、日々の勉強で寝不足の疲れた顔でお客様の前に立って、恥ずかしい限りだよ」

甲賀は空を見上げて昔を思い出しているようだった。

「甲賀さん、今の私、昔の甲賀さんそのままです。こんなんじゃお客様の満足するサービスなんて……」

「それに気付いたのなら大丈夫。ソムリエ試験の受験資格は知ってるだろ？　『五年以上の飲食、サービス業に従事するもの』という規定があるんだし、この仕事一年目の君が実際に試験を受けられるのはまだまだ先じゃないか。そう考えれば余裕が持てるだろ？」

「はい、その通りですね。ひょっとして甲賀さん、今日私を誘ってくれたのも……」

「最近いろいろあって、随分張りつめてるみたいだったから」

まゆみは甲賀の心遣いに感謝の気持ちがこみ上げたが、同時に少し残念な思いにもさらされた。

「甲賀さん、今日は本当にありがとうございます。私今日はめいっぱい楽しみます」

まゆみはスキップをしながら次のアトラクションを目指した。そんなまゆみの後を嬉しそうに甲賀が追っていた。


「彼氏はいないの？」

唐突な質問だった。まゆみは一瞬戸惑ったが、すぐに返事を返した。

「いないです。もうずっといないです」

日はすっかりと暮れて、園内のアトラクションやそびえ立つ木々はきれいにライトアップされていた。その中でも最高にライトアップされた観覧車にまゆみと甲賀は乗っていた。日中は、こんなに何も考えずに楽しんだのは小学生のとき以来だと思えるほどまゆみははしゃぎまわった。この夏に新しく登場した日本初つり下げ型腹這い乗車のジェットコースター『バードメン』には平日で空いているのをいいことに、三回も乗車した。そしてあの有名なジェットコースター『フジヤマ』にいたっては五回も乗っていた。さすがの甲賀も、もう勘弁してくれと弱音を吐くほどであった。

「そういう甲賀さんはどうなんですか？　相当もてそうですけど」

まゆみは冗談ぽく聞いてはみたが、実のところは今までずっと気になっていたことであり、聞きたくても聞けなかったことだった。

「僕もいないよ。つい最近までいたんだけどね。やっぱり一人の方が気楽でいいや。特に相手が同業者で、しかも同じ職場にいたりすると、プライベートで会ってるときも仕事の話になっちゃって、仕事とプライベートの区別がなくなっちゃうんだ。それって意外と疲れるしな。あっ、こんなこと言ったら怒られちゃうな」

甲賀は言い過ぎたとばかりに左手で口を押さえた。

「同業者？　同じ職場？　そういう経験があるんですか？」

「あっ、そうか。君は新人だから知らないのか？　うちの店ではみんな知ってることだし、もう終わったことだからいいと思うけど、僕と櫻井さん、付き合ってたんだ」

まゆみはあまりの驚きに何も言えなかった。甲賀はあっさりとその事実を告げたが、まゆみにとっては衝撃的なことだった。自分の目標であり、もっとも尊敬する櫻井香織が甲賀と付き合っていた。

すてきなカップルだ。二人が並んで歩く姿を想像するだけで、最高にお似合いのカップルであったことはすぐにわかる。

まゆみはとても複雑な感情に襲われた。その最高にお似合いだと思える香織と甲賀は、今は別れてしまっている。同業で、同じ職場というのが最大の理由だったらしい。

まゆみは今日一日の楽しさなど忘れていた。

八

「どうしたの？　元気ないじゃない？　今日から甲賀くん立案の企画のスタートなんだからがんばらなきゃね」

ホールでぼーっとしていたまゆみに香織が声をかけた。

「は、はい、すみません」

そう言うとまゆみは担当のテーブルに足早に向かった。昨日甲賀から聞いた衝撃的な事実が、依然まゆみの脳裏に残っていた。そのせいか、あんなに親しみやすかった香織とも何となく接しにくくなってしまった。

いけない、いけない。仕事に集中しなきゃ。今日から今まで以上に忙しくなる。私もがんばらなきゃ。

レストラン「ラ・ファンテーヌ」では今日から、秋のワインフェアとして甲賀立案の企画をスタートさせた。『バイ・ザ・グラス』と呼ばれるものだった。『バイ・ザ・グラス』とは簡単に言ってしまえば、グラスワインをボトルと同じように多種の中から選べるというものである。ボトル売りが定番のレストランにおいて、グラスワインに力を入れるというのは、ワイン慣れしていない日本人に少しでも多くのワインを試してもらいたいという意図と、フルボトルでは飲みきれなかったり、手が出ない値段のワインもグラスでなら楽しんでもらえるという利点がある。しかし逆に、大きなデメリットもある。ワインは開栓して空気に触れると、味がだんだんと変わってしまうものである。グラスワインに使用するワインは当然翌日に残る可能性がある。翌日にさばければまだしも、数日間残ってしまうと酸化が進み売り物にならなくなってしまう。そういう意味での大きなリスクを背負っているとともに、『バイ・ザ・グラス』用のワイン選びは相当神経を使って行わなければならなかった。今回のその大役は企画の立案者である甲賀に一任されていた。甲賀も重大な責任の任務に意欲を燃やしていたが、周りのスタッフもまた、この企画を成功させようと意気揚々としていた。

「いらっしゃいませ、木目田様。いつもありがとうございます」

まゆみはテーブル担当の客に挨拶をした。木目田《きめだ》一紀《かずき》は五十歳過ぎの紳士で、小さな会社を経営していた。「ラ・ファンテーヌ」の常連で月に三、四回は必ず夫婦で訪れる。まゆみがこの仕事に就いて初めてテーブル担当をしたのがこの木目田だった。本来、まゆみのような見習いが常連客のテーブルを担当することなどまずあり得ないのだが、その日はたまたま忙しく、先輩たちは皆、一人で複数のテーブルを担当していた。そうした理由から急きょ、まゆみがテーブル担当デビューをしたわけだった。しかしまゆみのデビューは決して成功といえるものではなかった。緊張のあまりかコースのメイン料理の名前を忘れてしまったり、尋ねられたワインに関して確かな知識を持ち合わせていなかったり、挙句の果てには、料理を出し間違えたりしてしまった。それでも木目田は笑いながら、「新人のうちは失敗して学ぶんだ。がんばりなさい」と優しく声をかけてくれた。まゆみは本来、客に言うべきことではないが、実は今回初めてテーブル担当をしたこと、まだ入社して数ヶ月の新人であること、ソムリエを目指して修業中であることなど自分の身の上話をした。それを聞いた木目田は、「だったら、私が来たときは君にテーブル担当をしてもらおう。一人前になるまで私で練習しなさい」とまで言ってくれた。その言葉に甘えて、その日以来、木目田のテーブル担当はまゆみがもつことになっていた。

「随分さまになってきたじゃないか。なぁ?」

「本当、あのときの足が震えていたお嬢さんとは別人みたい」

木目田夫妻はそっと笑い声をあげた。

「じゃあ、今日の料理とワインを奨めてもらおうかな?」

木目田はワインリストを手に取りながら言った。

「まずお料理ですが、魚料理は『アンコウのロースト　バルサミコ酢風味』、『的鯛の蒸し煮マルセイユ風』から、肉料理は『牛フィレ肉のポワレ　ボルドー風』と『牛頬肉の赤ワイン煮』からそれぞれお選びいただけます」

まゆみがそこまで言うと、木目田が口を挟んだ。

「ほう、そんな難しい名前の料理をよく言えるようになったじゃないか」

まゆみは少し照れくさくなった。

「えぇ、ではワインの方なんですけど、今日からおもしろい企画を行っております。『バイ・ザ・グラス』と申しまして、赤白各六種類ずつ、ロゼとシャンパンを各二種類ずつ、グラスで用意しております。木目田様のようにお二人でフルボトルを一本召し上がられるお客様にはグラスで三杯くらいずつ異なるワインがご賞味いただけますので大変お奨めです。いかがでございますか?」

「それはおもしろい。ワイン三杯、料理に合わせてすべて君に任せよう」

まゆみはきれいに食べられたデザートの皿を下げながら木目田に聞いた。

「本日はいかがでございましたか?」

「料理は相変わらず絶品、君の選んでくれたワインもなかなか良かったよ。ただ一つ言わせてもらうと、私のメイン料理『牛頬肉の赤ワイン煮』にはもうちょっと重いワインの方が良かったと思うが。君はミディアムボディの『シャトー・モーカイユ』を奨めてくれたがひょっとしたら、フルボディの『シャトー・ランシュ・バージュ』の方が合ったかもしれないな。まあ、グラスワインだし、君自身も飲んで確かめてみるといいよ」

さすが常連さんだわ。的確な意見だ。私もまだまだだ。でもこうやって厳しく指摘してくれる人がいてくれるってことは本当にありがたいわ。

「木目田様。ご指導ありがとうございます。次回もまたよろしくお願いします」

「まあまあ、そうかしこまらないで。お礼を言うのはこっちの方だよ。今回もとても良い一時を過ごさせてもらったよ。ありがとう」

木目田夫妻はそう言って席を立った。

まゆみは今日、木目田に出した料理とワイン、そして木目田からの指摘をメモしてテーブルのセッティングに入った。

「ちょっと、石原さん。またあなたを御指名のお客様がいらしたわよ。全くお知り合いが多いことで」

嫌みたっぷりの口調で石井が声をかけてきた。

まゆみはテーブルのセッティングを済ませ、その客のもとへ向かった。テーブルには女性が一人で座っていたが、見覚えのない顔だった。二十代後半のＯＬ風、しかしながら事務職をしている感じではなかった。まゆみがなぜそう判断したかというと、腕と顔の日焼けからであった。

この日焼けの仕方は外に多く出る仕事だ。この年齢の人が好きこのんで日焼けするとは思えない。嫌でも焼けてしまう仕事なんだ。

まゆみがそんな憶測をしていると、女性の方から自己紹介をしてきた。

「岡田京子《おかだきょうこ》といいます。フリーでライターをしています。ちょっとあなたに聞きたいことがあって食事がてら来たんですけど、いいですか?」

「いいですか?」と言われても、食事をしてくれる客である以上、まゆみは断ることはできなかった。そしてそのことがわかってここに来ているこの女性をまゆみは警戒した。

「私、三年前に起きたある事件を追ってるんです。あなたが関わった事件です。教えてください。高桑想子のことを」

九

よっぽど思い出したくないようね。それにしても、何よ、あの態度。こっちは無理してあんな高級なレストランまで行ったたっていうのに。

岡田京子は自宅の玄関のドアを開け、靴を乱暴に脱ぎ捨てると、吐き出すようにつぶやいた。

「ラ・ファンテーヌ」で京子がまゆみにそのことを尋ねると、まゆみは急に険しい表情を浮かべ、「お話しすることは何もありません」とだけ告げて、テーブル担当をほかのソムリエに代えられてしまった。結局最後までまゆみは京子の前には姿を現さなかった。

あの態度の一変の仕方は尋常じゃないわ。よっぽど思い出したくないようね。

京子は六畳一間のアパートの部屋の窓を開け、換気をしながら夜空を眺めていた。

六人もの人が同じ殺され方をして、結局犯人はわからないまま、事件と関係があると思われる当時大学生の男子一名、女子一名は依然行方不明。一見謎だらけの事件のように見えるものの、実は全員を結ぶ接点があった。

見つけるのに三年も費やしてしまったわ。しかし、その接点ともいえる人物、高桑想子は事件の一年前に自殺している。また謎が増えた。今となっては彼女を知る友人を当たる以外糸口がなくなってしまったわ。

岡田京子は今年で二十九歳を迎える。三年前までは大手の出版社の社会部に籍を置き、事件を追いかける毎日を過ごしていた。そしてその事件は彼女が二十六歳の夏に起きた。入社四年目の彼女にとって、人生の転機ともなる事件だった。それはある女子高生の絞殺事件から始まった。第二、第三の被害者も女子高生だった。しかし四番目の被害者は海の家の店主、そして五番目はまた女子高生、最後の被害者は男子大学生だった。被害者の間に面識はなく、全員に共通する人物も見あたらなかった。四番目の海の家の店主が殺された際、現場で一人の女性が行方不明になり、最後の男子大学生が殺されたときはその友人の男子大学生が姿を消した。警察はその二人を重要参考人として全国に指名手配したが、結局目撃情報すら得られなかった。事件に対する世間の関心も冷めた頃、京子の出版社もその事件の取材の打ち切りを決めた。しかし京子は納得できなかった。あまりにも多くの謎を残したままで引き下がるのはとても耐えられなかった。上司の命令にも従わず、京子は事件を追った。当然、そんな行為が許されるはずはなく、京子には異動の辞令が出た。芸能部への異動だった。女優の不倫騒動や俳優の脱税疑惑など、芸能人のスキャンダルを追う部署である。辞令が出た次の日の朝、京子は会社を辞めた。

「あちっ」

京子は沸かしたばかりのやかんから注がれるお湯がはねて、思わず声を上げた。何の変哲もない白いカップに、インスタントコーヒーの粉を入れ、京子はやかんから直接お湯を注いでいた。熱すぎるコーヒーが冷めるのを待つ間、京子は畳の上に寝転がり、天井を仰いだ。

あのとき会社を辞めてなければ今頃、そこそこのマンションで優雅な生活をしていたかもしれないな……。ひょっとしたら、結婚だって……。

最近になってときどき思うことだった。京子の今の生活は少しの余裕もないものだった。六畳一間の今にも壊れそうなアパートに住み、食事もままならない。収入は前の会社の子会社から不定期に依頼される取材の仕事のみ。食事をしない日もあった。

レストランに客としていけば、何か話してくれるかと思ったのに……。おかげでまた一日一食の生活だわ。

京子はコーヒーをすすりながらぶつぶつ文句を言った。

あの調子では石原まゆみにこれ以上あたってみても何も話してくれなさそうね。まあ、いいわ、これでネタ切れってわけでもないし。もう一人、事件と深く関わりのある人物を摑んでるから。明日からはそっちの方をあたってみよう。

京子は取材用の手帳をめくりながら今後の戦い方を検討していた。

今回の石原まゆみと同じ聞き方をしても、きっと同じ対応をされるに違いない。もっと遠回しに聞いた方がいいのかしら？　何かいい方法は……。

京子は前の会社で修得した取材技術を思い出していた。聞きたい情報をいかにして聞き出すか、これが取材においてもっとも大切なことである。そのノウハウを京子は会社でたたき込まれた。フリーになった今もそのノウハウは役立っている。基本的に取材では、「相手に話をさせる」ことが重要である。こちらからする質問は絶対に、「はい」「いいえ」で答えられるものをしてはならない。「五W一H」を使って質問し、少しでも多く相手に話させなくてはならない。「五W一H」とは「WHEN」、「WHO」、「WHY」、「WHAT」、「WHOM」、「HOW」のことで、「いつ、だれが、なぜ、なにを、だれに、どのように」したのかを聞き出す技術である。こういう聞き方をすると、相手は「はい」「いいえ」以外の答え方をするしかない。取材技術の基本中の基本であった。しかし今京子が思い出していたのはこんな基本的な技術ではなかった。もっと上級の技術を思い出していた。それくらいの技を使わなければとても聞き出せないと思ったからである。

あった、これだ。

京子は新入社員研修の際に配られた取材テクニックのマニュアルを机の引き出しから引っぱり出した。

「ホットリーディング」、これは読心術の類ともされ、警察が使う誘導尋問の一種でもある。取材する側が、得たい情報の大部分をあたかも知っているかのように見せかけ、相手がその内容を話しやすくする高等技術である。あらかじめ取材しておいたいくつかの事例を挙げて、その件に関することを自分は知っている、ただ確認を取りたいだけなので話してください、といった感じで攻めるのである。相手はそれならばと話し始めるわけである。実際はこんなに簡単にいくものではないし、相手の一言一言で攻め方を臨機応変に変えなければならないが、とにかくやってみる価値はありそうだと京子は思った。

私には切り札がある。当時、報道規制されていて、一般人が知らない情報、あのことを私は知っている。あの事件の死体すべてに共通することを。それをちらつかせればきっと……。

京子の顔から笑みがこぼれた。

それにしても今日は寒いわね。布団を一枚増やした方が良さそうだわ。

そう思った京子は早速掛け布団を取り出そうと押し入れの扉に手をかけた。

あれっ、停電かしら？

京子は暗闇の中にたたずんでいた。部屋の明かりは消え、闇が京子を包んでいる。しかし、完全な暗闇ではなかった。それは窓から見える向かいの民家の明かりと、電柱に付けられた電灯の明かりのおかげだった。それを確認した京子はある一つの結論を導き出した。

電気を止められた？　いや、そんなはずはない。確かに以前、電気代を滞納していたが、数日前にきちんと納めた。

そのとき、京子は開けようとして、手をかけたままになっていた押し入れの中から物音を聞いた。

何の音？　中には布団しか入ってないはずだけど……。

京子は恐怖心から動けなくなった。足はガタガタと震えている。胸の鼓動は速くなる一方だった。京子の左手は押し入れの取っ手にかけられたまま固まっていた。

この扉を開ければすべてがわかる。

京子はそう確信した。しかしあまりの怖さから、左手どころか身体の一部分も動かなかった。

そのまま数分が過ぎた。事態は何も変わっていなかった。台所の水道の蛇口から滴る水の音がやけに大きな音に聞こえた。

冷たかった。左手のその部分だけ冷たかった。

京子の左手は握られていた。

十

ついこの間までの猛暑がまるで嘘みたいに、吹き付ける風は寒ささえも感じるほどになっていた。

「おい、おい、せっかくの食事なんだからそんな顔しないでくれよ」

甲賀は向かいの席に座るまゆみに言った。

「ごめんなさい。ちょっと考えごとしてて……」

まゆみは思い詰めたような顔つきのまま答えた。

「君と何か関係あるのか？　その岡田っていう記者が殺されたことと」

「わからない。ただあの人、私が昔関わった事件のことを調べていたから……。ひょっとすると何か私も関係あるのかもって……」

まゆみは下を向いたまま小さな声で言った。

「その事件てのも昔の話なんだろ？　今さらそんなことを気にしてもしようがないじゃないか。それより今日はせっかく君の勉強も兼ねて来てるんだから、しっかりしてくれよな」

まゆみにとって三年前の事件は「そんなこと」で片付けられるほど小さなものではなかった

が、今日はせっかく甲賀と二人でレストランでのディナーを楽しみに来ている。少しの間、そのことは忘れようと思った。

「すいません。今日はご指導お願いします」

まゆみは気を取り直して笑顔で言った。

「そんなに堅くならないでくれよ。ただ食事をしながら、そのついでに君のソムリエになるための勉強にもなればと思って誘ったんだから」

甲賀とまゆみは青山にある有名なフレンチレストランに来ていた。雑誌にも頻繁に取り上げられているこのレストラン「ラ・メイユ」は予約を取るだけでも困難といわれているが、ここのソムリエの一人が甲賀の友人ということもあり、そのコネで無理矢理予約を入れてもらったのである。

「今度の彼女は随分若いんだな？　全くおまえの女の趣味は相変わらず統一性がないな」

メニューを持ってきたソムリエが笑いながら甲賀に言った。

「いいか、石原、ソムリエたるもの、いくら知り合いの客でもこういう冗談は絶対に言うんじゃないぞ。これは悪い例の見本だからな」

甲賀はそのソムリエを指さしながら言った。

「そりゃないだろう。昨日いきなり俺の携帯に電話してきて、『明日の七時に予約頼む』なんて無茶苦茶なこと言ってきたくせに」

ソムリエはふてくされたような顔をして言った。

「すまん、すまん。それは感謝してる。一応紹介しておく。彼女はうちの店のコミ・ソムリエで石原まゆみ。そしてこいつは、この店のソムリエの五十嵐《いがらし》徹《とおる》だ」

甲賀は二人を交互に紹介した。

「おい、おい、勘弁してくれよ。また同業者かよ。この前みたいなのは絶対によしてくれよ」

五十嵐は嫌そうな顔をあらわにした。そしてまゆみを見て言った。

「こいつね、この前来たときなんか、料理に合わせてワインを選んでくれって、ワインをすべて俺に選ばせたんだ。選んだワインに特に何も言ってこないから同業者相手にしては楽なサービスだと思ってたんだが、大間違い。連れの客と二人で、俺の選んだワインについて議論し始めやがった。『フォアグラにソーテルヌは基本だけど、もう少し甘さを抑えた年代《ビンテージ》の方が良い』だとか、終いには『このワインは保管状態が良くない』なんて言い始める始末だ。直接俺に言ってこない分、厄介な客だよ。今日は自分らでワインは選んでくれよ」

まゆみはその話を聞くと、甲賀が以前この店に来たとき、誰と一緒だったかすぐにわかった。

櫻井さんだ。

甲賀とそこまでワインについて深く議論できる女性など、そうそういるはずがない。まゆみはすぐに櫻井の顔が頭に浮かんだ。そして甲賀と櫻井が二人で囲むテーブルを想像した。

お似合いのカップルだ。

大人の雰囲気をもつ二人がフレンチレストランのテーブルを囲む。誰が見ても違和感のない絵である。ところがどうだろう、今こうして甲賀とまゆみは二人でその同じ場にいる。人から見ればどのように映っているのか、まゆみは気になって仕方がなかった。

「あのワインは確かに保管状態が悪かった。あのざらざらした舌触りは高い温度で保管されていたからに違いない。なあ、石原、ワインの保管に最適な温度はどれくらいだ?」

甲賀は突然まゆみに質問を投げかけた。まゆみは急に自分に振られたことに少々動揺を見せたが、質問の内容はあまりにも基本的なことだったので即答した。

「温度十一~十四度、湿度七十~七十五パーセントです」

「うちのセラーの温度管理にミスはない。あるとすれば運搬中に何らかの事故があったとしか……。それよりそろそろオーダーを決めてくれよ」

五十嵐はそう言うと、ワインリストを甲賀に手渡そうとした。

「リストは彼女に渡してくれ。今日頼むワインはすべて彼女が決めるから。ボトル売りのワインも何とかグラスで用意してくれよ。余ったらグラスワイン用にすればいいだろ?」

甲賀の無茶苦茶とも思える要望に、五十嵐は無言で溜息をつくだけだった。

「前菜は卵、アンチョビ、ツナ、ポテト、インゲンを盛り合わせました『ニース風サラダ』です。そしてお客様がお選びになったワイン『サヴェニエール』でございます」

五十嵐は本来グラス売りしていない『サヴェニエール』を淡々と二人のグラスに注いだ。

「で、何でこのワインにしたんだ?」

甲賀が尋ねると、まゆみは自信をもって答えた。

「『サヴェニエール』はカリンのような香りと、バランスのとれた酸味をもつフランスのロワール地方を代表する白ワインです。様々な食材をバランスよく盛り込んだサラダに合わせるには、酸味のバランスが重要だと思い、これを選びました」

「うんちくは、とりあえず食べて飲んでからにしなよ。俺も参考までに二人のご意見を聞かせてもらうよ」

五十嵐は二人のテーブルの横に控えていた。まゆみはサラダを一口食べ、そしてワインを飲むと違和感を覚えた。

料理は食材のバランスがとれていてとてもおいしい。ワインは私が思ったとおり、バランスの良い酸味だ。でもこの酸味が料理の味に勝ちすぎている気がする。

「その顔はどうやらわかったみたいだな。『サヴェニエール』は確かに酸味のバランスがとれたすばらしいワインだ。でもこの料理に合わせるとしたら、もう少し甘さがあり、酸味を抑えたワインがいいと思う。例えば、『コート・ド・プロヴァンス』なんかがいいだろう。これは南の地域のワインだから酸味が少なく、ジャガイモとかインゲン、卵などに合わせやすいし、ほんのりスパイスの香りがして、それがアンチョビにもよく合う。そして何より料理はプロヴァンス地方のニースの料理だ。ワインも同じプロヴァンス地方のものだから相性もいいんだ」

甲賀が熱弁を振るっていると、いつの間にかいなくなっていた五十嵐が新しいグラスをセットし、ワインを注ぎ始めた。

「ご熱弁の『コート・ド・プロヴァンス』だ。俺もおそらくこのワインを奨めると思うね。ちなみにこのワインもグラス売りはしてないんだけどね」

五十嵐はもうどうでも良いかのように、ボトル売りのワインを注いでいる。まゆみはそのワインを一口飲むと実感した。

「確かにこのワインだと料理の味が消されることはない。それどころか引きたてている気がします」

「まあとにかく、今日は勉強だから、自分の選んだワインと料理との相性がどうなのか、自分の舌で感じてみるといいよ」


まゆみは次の料理の『ボルチーニ風コンソメスープ』を飲みながら、しばし甲賀と雑談し、そして次の魚料理のワインを選んでいた。

「本日の魚料理は『ニジマスのポシェ』ですが、ワインはいかがなさいますか?」

五十嵐がまゆみに尋ねた。

「これはフランスでもスイスに近いジュラやサヴォワ地方の料理で、野菜とワインだけで作ったブイヨンを熱しておいて、新鮮なニジマスを生きたまま放り込むシンプルな料理だ。この料理の魅力を生かすなら、果実の香りが繊細で、鮮やかな飲み口の白がいいんじゃないかな」

首を傾げて悩んでいるまゆみを見かねて甲賀が口を挟んだ。

「『コート・デュ・ローヌ』にします」

まゆみは笑顔で言った。

「王道だな。『コート・デュ・ローヌ』ならグラス売りしているからこっちも助かるけどな」

そう言うと五十嵐はセラーへと向かった。

「確かに王道だな。意外性がなく、おもしろみはないけど、今はそれでいいと思うよ」

甲賀は軽く笑顔を見せて言った。五十嵐は料理を二人の前に出し、ワインを注ぎ終えると、二人の感想を待った。

「ワインのさわやかな酸味と軽さが料理と釣り合っていて、相性がとてもいいと思う」

甲賀のその言葉を聞いて、まゆみは少し安心した。

「次は少し難しいぜ。今日の肉料理は『仔羊のもも肉のロースト香草風味』だ。さあ、ワインはどうする？」

憎たらしい笑顔を浮かべて五十嵐は言った。まゆみにはその言葉の意味がわからなかった。なぜなら今日のコースの中で、もっともワインが選びやすいように思えたからである。料理は仔羊のもも肉にローズマリーをふんだんに付け、ガーリックの細片をあちこちに刺して焼いたものである。羊特有の濃厚な味と香草の風味をもつ料理だけに、軽めのワインでは物足りなさを感じてしまう。どっしりと重く、それでいて風味を感じさせるワイン、ボルドー地方の赤ワイン以外にないとまゆみは考えていた。

「重く、しっかりとしたワインでないと、この料理にはバランスがとれません。例えば、『シャトー・ラトゥール』とか……」

まゆみがそこまで言いかけると、五十嵐がそれを遮った。

「勘弁してくれよ。『シャトー・ラトゥール』なんていったら、うちではどの年代《ビンテージ》も四万円以上するものだぜ。それをグラスでなんか出せるわけないだろ」

「そこが難しいところなんだ。君の選んだ『シャトー・ラトゥール』は確かにこの料理にもってこいのワインだ。しかしその値段は誰もが気軽に飲める値段か？　ワインのチョイスを任されたとき、ソムリエはたいてい料理の値段の半値のワインを用意する。しかし君は今、料理の何倍もする値段のワインを選んだ。逆に言えば、高い金さえ出せば料理と合うワインなんていくらでも出せるんだ。限られた予算の中で、できる限り料理に合うワインを用意するのがソムリエの仕事だ。五十嵐、今回は君が選んでくれ」

「ちぇっ、結局俺かよ」

五十嵐はそう言って、一本の赤ワインをセラーから持ってきた。

「『ジゴンダス』の八八年、これなら年代《ビンテージ》によっては『シャトー・ラトゥール』の十分の一の値段で飲めますよ」

まゆみは料理を食べながら、五十嵐の選んだワインを飲んだ。そしてまゆみは言葉を失った。

「君はまだ若いから、ワインの知識といったら本から得た情報ばかりだと思う。自分で実際に飲んだワインもまだ数えられるほどなんじゃないかな？　これから一種類でも多くのワインを飲んで覚えていけばいい。ワインなんて結局は身体で覚えるものだから」

最初のうちの元気をすっかりなくしたまゆみに、甲賀は優しく声をかけた。

「そういうこと。これは俺からお嬢さんへのプレゼント。俺みたいな立派なソムリエになれよ」

五十嵐はそう言って、新しいワインを二人のグラスに注いだ。その赤ワインのエチケット（ラベル）にはかわいらしいハートの絵が描かれていた。

「それじゃあ、俺はほかのテーブル担当があるから『お勉強会』に付き合うのはここまでにさせてもらうよ」

立ち去る五十嵐に、まゆみは何度もお礼を言った。

「あいつらしいや。このワイン、何だかわかるか？」

「『シャトー・カロン・セギュール』ですよね？　シャトー第三級のワインです」

まゆみはあまりにも印象的なそのエチケットから即答した。

「じゃあ、このワインのエピソードは知ってるか？　すてきなエピソードだ」

「いえ、そこまでは……」

まゆみの返事を聞くと、甲賀はテーブルの上で腕を組み、身を乗り出して、まゆみの目を見つめながら話し始めた。

「十八世紀のフランスの話だ。ド・セギュール侯爵はたくさんの葡萄畑をもっていた。その中の一つがこの〈カロン〉の畑だ。侯爵はほかにも有名な畑をいくつももっていた。今でいうシャトー第一級ワインの〈ラトゥール〉や〈ラフィット〉の畑もあった。それらの畑は当時から名声を博していたが、〈カロン〉の畑は無名に近かった。しかし侯爵は友人にいつもこう言っていた。『何となくなんだ。理由なんてないんだけど、私は〈カロン〉が一番気になってしまう。〈カロン〉をもっとも愛している。私の心はいつも〈カロン〉にある』と。だから侯爵はエチケットにハートを描いたんだ。そんな気持ち、何だか恋愛に似てないか？　僕にとっての〈カロン〉は君だよ」

甲賀は真剣な眼差しでまゆみを見つめた。まゆみは頬を赤く染めて言葉に詰まっている。どうして良いかわからなかった。

何よ、いきなり。そんなこと急に言われても……。

まゆみはどういう態度をとったら良いのか必死で考えたが結局わからず、飲みかけのワインを口にした。甲賀は相変わらずまゆみを見つめている。

何か言わなきゃ……。

まゆみが何かを決心したかのように話し始めようとしたほんの一瞬先に、甲賀が口を開いた。

「っていう風に、このワインを使って女を口説くのが定番とされているんだ。ちょっとはドキドキしただろう?」

まゆみは全身の力が完全に抜けた気がした。そして少し時間が経つと甲賀への怒りにも似た感情が湧いてきた。

「そんな風に人をからかわないでください」

まゆみは真剣に怒った。

甲賀は大して反省した様子も見せずに、笑いながら「ごめん、ごめん」と謝っている。ばつの悪そうにしている甲賀を助けるかのように甲賀の携帯電話が鳴った。

「あっ、マナーモードにしてなかった。ちょっと電話してくるわ」

そう言って席を立つ甲賀の後ろ姿を見送りながらまゆみは依然真っ赤になっている頬に手を当てて考えていた。

ドキドキしたのは事実だ。嬉しかったのも事実だ。この気持ちって……。もしかして私……。

まゆみはずっと甲賀のことは気になっていた。しかしそれはソムリエの先輩として、ある意味、尊敬にも似た感情だと思っていた。いや、そう思い込ませていたのかもしれなかった。まゆみのなかで、好きになってはいけない人だという気持ちが自分に正直になることを止めていたのかもしれない。まゆみはそれに気が付きつつあったが、甲賀がなぜ好きになってはいけない人なのか、その本能的な感覚は理解できなかった。

甲賀は思い詰めたような顔つきで、足早に戻ってきた。テーブルまで来ると甲賀は、椅子にも座らずに小さな声で言った。

小さな声ではあったが、その内容ははっきりと聞き取れた。そしてまゆみの心の奥底に深い痛みさえも与える内容であった。

「料理長が倒れた。今、救急車で運ばれたそうだ」

十一

「わかりました。明日早速先方を訪ねてみます。でも……、ミレーユのことは、なんで俺ではだめなんですか?」

「それは、おまえが日本人だからだ」

寺島はかすかな頭の痛みを感じながら目を覚ました。

「ここは……?」

「病院ですよ。仕事中に倒れられたんですよ」

まゆみは小さな声で寺島にささやきかけた。レストラン「ラ・メイユ」で同僚から連絡を受けた甲賀とまゆみは直接、寺島が運ばれた小淵総合病院に向かった。付き添いで来ていた同僚に仕事に戻るよう指示した甲賀とまゆみが寺島の看病にあたった。

「よかった。もう目を覚まさないかと……」

まゆみは大粒の涙を浮かべながら言った。特にまゆみはつい最近、両親を一度に亡くしていた。人の生の尊さには人一倍敏感になっていた。

「馬鹿野郎、人を勝手に殺すな」

寺島は普段ほど声に張りがなかったが、いつもどおりの口調で言った。

「料理長、ここのところ全然休み取ってないじゃないですか。そりゃあ、倒れもしますよ。いい機会だからしばらく休んでください」

甲賀は心底心配しているらしく、真剣な顔つきだった。

「ふざけるな。あの店の客は俺の料理を食いに来てるんだ。客の期待を裏切れるか。明日から出勤するからな」

甲賀は困り果てた顔で溜息をついた。

「もうそんなこと言わないでよ。おじさんまでいなくなっちゃったら私……」

まゆみは声を出して泣いていた。

「おじさん……？」

甲賀は不思議そうな顔をしている。

「おい、おい、誰にも言うなって言ったのはおまえの方だろ？　自分からばらしちゃしようがないだろ」

「もうそんなことどうでもいいよ。お父さんもお母さんもいなくなっちゃったんだよ。お姉ちゃんも大変なことになってるし、もうおじさんしかいないんだから」

まゆみは先ほどよりも大きな声を上げて泣いている。

「わかったからもう泣くな。ほれ、見ろ。甲賀が不思議そうな顔で見てるぞ」

甲賀は口をポカンと開けて、二人の会話を聞いていた。まゆみは相変わらず泣きじゃくっている。

「甲賀、そういうことなんだ。まゆみは俺の妹の娘、つまり姪っ子なんだ。特別扱いされるのが嫌だから職場の奴らには言わないでくれって言うんだ。この世界でそんなことあるわけねえのにな」

甲賀は事情をやっと理解した。

「でも、それならなおさらまゆみさんのためにもしっかり休養をとって、体調を万全にしてからまた出て来てくださいよ」

「そうだよ、おじさん働き過ぎだよ。お願いだからちゃんと休んで」

甲賀とまゆみの懇願もむなしく、寺島は黙って首を横に振るだけだった。

「さっきもなぁ、夢を見ちまったんだよ。フランスで修業してた頃のことだ。俺はこの道を選んだんだ。必死で働く道を」

寺島の目にはうっすらと涙が浮かんでいた。

「今まで誰にも話したことがないんだがな、何だか急に話したくなっちまった。誰かに聞いてもらいたくなっちまった。聞いてくれるか?」

俺は高校を卒業してすぐにフランスに渡った。家族の反対を押し切っての渡仏だったために、資金的な援助は全くなかった。それでも俺はフランスで修業して一人前の料理人になって日本に帰ることを夢見ていた。今考えると、何もかも甘ちゃんの若造だったよ。その夢だってフランスに来てわずか数日で諦めそうだった。高校を出たばかりの、十八そこそこの若造を、しかも日本人を雇ってくれるレストランなんてあるわけがなかった。二週間が過ぎた。わずかな資金も底をつき、ろくに飯も食えなかった。日本に帰りたいと思うようになっていた。しかし一文無しの俺にとっては、それさえもできなくなっていた。

あと一店、これがだめだったらもう……。

その店は小さな店だった。パリの郊外ののどかな住宅街の中にあった。世間知らずの俺は、最初は日本でも有名な大きな店ばかりをあたっていた。もちろんどこも門前払いだった。無名な店をあたり始めてからは、話だけは聞いてもらえた。しかし結局は日本人だという理由で追い返された。その数々の店のなかでも、その店は特別小さな店だった。俺は最後のチャンスの扉を叩いた。

オヤジはいい人だった。フレンチの「フ」の字も知らない俺に一から教えてくれた。もちろん最初は包丁など握らせてもらえるわけがなかった。皿洗い、掃除、買い出しなどの使いっ走りだった。それでも俺は嬉しかった。フランスで修業を始めることができたからだ。

「おい、潤一、なにぼけっとしてんだ。よく見てろ、次は鴨のローストだ」

オヤジは厳しかった。しかしその厳しさのおかげもあり、一年が過ぎた頃俺は厨房に、オヤジの隣に一人の料理人として、立たせてもらうことができた。とはいってもこの店の厨房はもともとオヤジ一人できりもりしていたんだがな。同じく接客も娘のミレーユが一人で行っていた。つまり、父娘二人だけで営む小さな店だった。ミレーユは俺と年が同じで、高校を卒業後、この仕事をしながら独学でデザインの勉強をしていた。将来はプロのデザイナーになるのが夢だと言っていた。オヤジが俺の料理の先生ならば、ミレーユはフランス語の先生だった。休憩時間や閉店後、ミレーユはフランス語を熱心に教えてくれた。買い出しに行くときもついて来てくれて、街を案内してくれた。とても優しくてきれいな娘だった。

「おめでとう、潤一。パピエが取得できたんでしょ？　これでいつまでもここにいられるわね」

「ありがとう。オヤジさんと君のおかげだよ」

パピエとはフランスでの労働許可証のことだ。俺ははっきり言ってしまえば、不法滞在の外国人だった。しかし不法滞在でも一年間フランスで働いて、雇用者からの推薦があればパピエがもらえた。最近は入国管理が厳しくなってそう簡単には発行されないらしいがな。

「寝る間も惜しんでがんばったかいがあったね」

「本当にがんばらなければいけないのはこれからだ。がんばってオヤジさんと君に恩返しをしなきゃな」

それから四回目の春が来た頃だった。俺は二十三歳になっていた。そこそこ料理の腕も上げ、オヤジさんからも信頼されるほどになっていた。そしてそのとき、ミレーユは俺の子供を身ごもっていた。俺とミレーユは愛し合っていた。結婚を誓い合っていた。二人で相談してオヤジに打ち明けることにした。オヤジもきっと賛成してくれると思った。そしてまたみんなでこの店をきりもりしていこうと思った。

オヤジは何も言わなかった。俺とミレーユでその話を打ち明けた夜、オヤジは何も言わずに寝室へ入っていった。

その日の深夜のことだった。ウトウトと眠りかけていた俺の部屋に親父が現れた。オヤジは俺のベッドに腰掛け、予期せぬことを言ってきた。

「俺は昔、『トゥール・ダルジャン』で料理長《シェフ》をしていた。今でもあそこには顔が利く。俺の弟子だと紹介すればすぐに雇ってもらえる。潤一、明日ミレーユが起きる前に出てってくれ。そしてミレーユのことは忘れてくれ」

『トゥール・ダルジャン』といえば、日本でも有名だがフランスでも三本指に入る名店だ。俺もフランスに来て一番先に門を叩いた店だ。そのときは話さえも聞いてもらえなかったが。そこで修業ができるなど夢のような話だった。しかしそのときはそんなことはどうでもよかった。

「ミレーユとの結婚は許してもらえないということですか?」

「潤一、おまえはまだ若い。一流の料理人になりたいんだったら、こんな小さな店にいるより、少しでも大きな店で修業して、多くのことを吸収した方がいい」

「俺の質問に答えてください。何で俺ではだめなんですか?」

オヤジはしばらく黙っていたが、何かを決心したかのように口を開いた。

「おまえが日本人だからだ」


「俺は次の日には『トゥール・ダルジャン』で働いていた。もちろんミレーユのことをあっさり諦めたわけではない。しかし本当の父親のように信頼していたオヤジから裏切られたような気がした俺は何も考えられなくなった。俺はミレーユとそのお腹の中にいる子を捨てて、自分の出世の道を選んだんだ」

そこまで話すと、寺島は涙でぐしゃぐしゃになった顔を袖で拭いた。まゆみと甲賀はただ黙って寺島の話に聞き入っていたが、話が終わると二人とも何ともいえぬ感情に、胸を打たれた。

「だから俺はずっと仕事をし続けるんだ。休んでなんかいられないんだ。自分が選んだ道だ。あれから俺は、結婚どころか、恋愛もしなかった。仕事を選んだ俺にとっては当然のことだ」

「そんなおじさんを見て、ミレーユさんはどう思うかなぁ?」

まゆみは寺島を見つめて言った。

「確かにおじさんが出ていったときはミレーユさん、悲しかっただろうし、おじさんを恨んだかもしれないわ。でも真剣に愛した人が今、そんな気持ちで人生を送ってるって知ったらどう思うかしら？　おじさんが自分で選んだ道なんだから誇りを持って仕事してもらいたいんじゃないかしら？　おじさん、しっかりしてよ。ミレーユさんのことを思うんだったらなおさらよ」

看護婦がいることも忘れて、寺島は号泣した。

十二

　敵はインターネットだった。木目田一紀の経営する会社は有名ブランドのファッションアイテムを合法的に並行輸入し、小売店への卸を行っている。木目田は今年で五十四歳になるが、三十歳のとき、それまで勤めたアパレル関係の会社を辞めて独立した。単身渡米し、独自のルートを開拓し、様々なブランドを輸入した。今では数え切れないほどの輸入ルートをもつ木目田であったが、当時の苦労は思い出したくもないほど大変なものだった。契約をしても商品が届かなかったり、全く異なる商品が納品されたりと、詐欺とも思える契約を結んだこともあった。並行輸入である以上、法律すれすれのところでの商売のため、何度も会社に捜査のメスが入った。そうした様々なリスクを乗り越えて、木目田は今の地位を築き上げた。そんな木目田の会社も最近では経営が大きく傾き、倒産の危機に直面していた。そのもっとも大きな原因はインターネットの普及だった。小売業者はもちろん、消費者に至るまでインターネットで簡単に並行輸入ができるようになった。当然木目田の会社のような中間のマージンを省くことで、消費者はより安く同じ商品を手にすることができる。木目田が若い頃、莫大な金と時間を費やして、何度もアメリカと日本を往復して手に入れた輸入ルートは今ではパソコンのキーボードを叩くだけで、わずか数秒の時間と、通信料だけで手に入れられる時代なのである。

「智美、すまないな。おそらくこの家も土地も失うことになる。おまえには本当にすまないと思っている」

木目田は居間でソファーに腰掛けながら妻の智美に言った。

「何を言ってるの。私は今でも、これからも充分幸せですよ。確かに今までのような生活はもうできないかもしれませんけど、夫婦二人でこれからもがんばっていきましょうよ。何とかなるわよ、きっと」

智美は笑顔で言った。

「子供がいたらなぁ、また違った人生を送っていたかもしれないのにな」

「子供がいたら、あなたの成功はなかったかもしれませんよ。子供がいなかったからずっと仕事のことだけを考えてこれたんだから。人生なんてそんなものなのかもしれませんよ。何もかも得られる人なんてきっといないんですよ」

木目田は黙ってお茶をすすっていた。

「それに子供ならいるじゃないですか。ほら、今も会ってきたばかりじゃない」

「石原くんのことか？　確かにあの子は本当の娘のようだ。気だても良くて、本当にいい子だ。さっきもそうだった……」

「石原くん、今日のワインは何だね」

「まずは召し上がってみてください。チョイスをお任せいただきましたので、最高のものをご用意したつもりです」

「最高のワインか、最後の晩餐にはもってこいだな」

木目田はぼそっと言った。

「最後の晩餐?」

「いや、気にしないでくれ。ではいただくとしよう」

木目田はゆっくりとそのワインを飲むと、不思議そうな顔をしてまゆみに聞いた。

「これは……?」

「葡萄ジュースです。アルコールは全く入っておりません。でもこのジュースもフランスから直輸入しているものなんですよ」

まゆみは誇らしげに言った。

「どういうことなんだ?」

木目田はグラスを置いてまゆみを見た。

「木目田様、本日のお顔は今まで拝見したなかで一番疲れてらっしゃいますよ。そんなにお疲れの方にアルコールを取っていただくわけにはいきません。お身体を壊されたら奥様も社員のみなさまも心配なさいますよ。お料理の方もさっぱりしたものを料理長にお願いしておきましたので」

木目田は目頭が熱くなった。

「あなた、死ぬつもりだったんでしょう?」

智美は唐突に聞いた。

「ああ、そのつもりだった。今日、あの食事の後、そうするつもりだった。しかし石原くんに会って変わったよ。そんなことを思っている自分が恥ずかしくなった。あの娘を見ていると、若い頃の私を見ているような錯覚すら覚える。夢に向かってまっすぐに進んでいる。あの娘が自分の夢を叶える姿、一人前のソムリエになった姿をどうしても見たくなった。それまでは死ねない。だからこの家と土地を売って、少しでも会社の負債を埋めようと思う。社員たちと、そしておまえともう一度、一から出直そうと思う」

木目田の言葉はとても力強かった。智美はそんな夫を誇らしそうに見ていた。

「さあ、明日からまた忙しくなるぞ」

その数週間後、木目田の会社はまだネットで発掘されていないビッグブランドの並行輸入ルートを開拓し、新聞の一面に大きく取り上げられた。

十三

いつもと変わらぬ夕暮れだった。五時からのディナーの開店時間に向けて「ラ・ファンテーヌ」のスタッフはテーブルセッティングを済ませ、ミーティングを行っていた。

「次に、石原に担当してもらう山崎様だが、ご夫婦でいらっしゃるお客様だ。奥様が妊娠中らしい。料理長には調理の方で気を遣ってもらうが、おまえも普段以上に気を配るように。もちろん、アルコールは奨めないこと。それから食後のコーヒーを召し上がるようなら薄めてお出しするように」

支配人は客と接しているときとは別人のようにミーティングのときは険しい顔つきをしている。まゆみに指示を出した後、支配人は一人のソムリエに葉が枯れかけている観葉樹を片付けさせて、ミーティングの解散を告げた。

妊娠中のお客様か。接客するのは初めてだ。

まゆみはいつも以上に緊張しながら仕事に就いた。

その妊婦の客は少し大きくなり始めたお腹を押さえながらも、とても妊婦とは思えない軽やかな足取りで店に入ってきた。

「予約の山崎です。ちょっと、あんた、早く来なさいよ」

遅れて入ってきた夫とみられる男は、少し息を切らしながら言った。

「おまえなぁ、そんなに走るなよ。少しは自分の身体のことも考えろ」

「こんなレストランで食事することなんてそうそうないことだから、ついはしゃいじゃうのよ」

若い夫婦だ。

これがまゆみのその二人に対する第一印象だった。年はおそらく夫婦ともにまゆみと同じくらい。実際の年齢より下に見られることの多いまゆみは、あの妊婦も実はもっと年なのかな、とも思った。

妊婦はパステルカラーのピンクを基調としたマタニティーのワンピースを着て、金色に染めたロングヘアーをなびかせている。それとは対照的に夫の方は、グレーの三つボタンスーツの下に薄めのブルーシャツと紺のネクタイをしたごく平凡なサラリーマン風の格好だった。背は高く、なかなか二枚目ではあったが、この様子だと相当奥さんの尻に敷かれているな、とまゆみは思った。

「いらっしゃいませ。お席にご案内いたします」

まゆみは夫婦をホールの中央の、もっとも室温が高い場所に案内した。メニューを夫の方に渡すと、まゆみは妙な違和感を覚えた。妊婦がまるで何か珍しいものを見るように、まゆみのことを凝視している。

「あの、お客様、いかがなさいましたか？」

まゆみはずっと自分を見つめているその妊婦に聞いた。妊婦はそんなまゆみの質問も聞こえていないかのように、ときには首を傾げながら見つめ続けている。気まずさに耐えられなくなったまゆみがもう一度声をかけようと思ったそのときだった。

「まゆみ……？　ひょっとして石原まゆみさん？」

妊婦は自信がなさそうに小さな声で言った。

「は、はい……。あの……」

まゆみはわけがわからず口ごもっていると、すかさず妊婦は大声を張り上げた。

「きゃあ、久しぶり。私よ、私、恵よ。今は山崎だけど旧姓は関口恵よ」

まゆみはまだ状況が理解できずに、ポカンと口を開けて突っ立っていた。

「ちょっと、忘れたわけじゃないでしょう？　まゆみ、すっかり大人っぽくなっちゃったからわからなかったよ」

恵は一人ではしゃいでいる。少しずつ状況がわかり始めたまゆみは恵の顔をじっくりと観察し、そしてすべてを納得した。

あの頃と比べると、妊娠のせいか、顔もふっくらとしちゃってわからなかったけど、よく見れば間違いない。関口恵だ。

「久しぶり、まさか結婚してるとは……」

まゆみはやっとのことで声を発することができた。

「何言ってるのよ。あなたにも報告したじゃない。結婚式にも呼んだのに、学校の都合でどうしても出席できないって手紙くれたじゃない。いつこっちに帰ってきたのよ？」

恵はまだはしゃいでいたが、まゆみはその言葉を聞いて、様々なものが頭の中をよぎり、友人との再会の喜びなどどこかに吹き飛んでいた。

まゆみの中には二つの大きな出来事が浮かんでいた。

いっぺんに解決しようとしても無理だわ。一つずつ、一つずつ……。

まゆみはまず、ある一つの出来事を思い出していた。以前、昔のアルバイト先の社員、大羽麻里子が「ラ・ファンテーヌ」にやって来たときのことだった。

あのときも麻里子さんは、私がこっちにいることを驚いていた。確か私は北海道にいると思っていたらしい。北海道の私から手紙が来たとか……。

「ねえ、恵、一つ聞きたいんだけど、ひょっとしてあなた、私は今、北海道にいると思ってた？」

まゆみはいきなり自分の疑問の核心に迫る質問をした。

「当たり前でしょ、何度か手紙ももらったし、絵はがきにはきれいな雪景色が写ってたし、それに消印も向こうだったと思うよ」

大羽麻里子が勤める店に届いた手紙と同種のものらしい。まゆみが深刻な顔で悩んでいると、恵の夫が申し訳なさそうに声をかけてきた。

「あのぉ、とりあえず注文してもいいですか？　お腹空いちゃったんで……」

しまった。すっかり仕事を忘れていた。

まゆみは何度も頭を下げて謝り、注文を即座に厨房に伝えた。

何やってんだ。いくら昔の友人とはいえ、今はお食事にいらしたお客様じゃないか？　しかも旦那様というお連れ様までいるのに。自分の都合でばかり話をしていた。ソムリエ失格だ。

「まゆみ、いいのよ。そんなに謝らないでよ。どうせこの人が会社のパーティーのときにビンゴで当てたここの食事券で食べさせてもらうんだから」

「おい、おい、何もそんなことまで言わなくても……」

夫は大柄の身体を小さくして言った。


「それにしてもまゆみ、きれいになったわね。彼氏はいるの？　あんたもそろそろ結婚かな？」

恵はうっすらと笑みを浮かべて聞いた。

「ちょっとやめてよ。彼氏なんていないし、私はまだ結婚なんて考えてないわ。今は一人前のソムリエになることしか頭にないわよ。しかし恵、旦那さんの前でなんだけど、思いきったことしたわね。短大も辞めちゃったの？」

「ええ、短大は中退したの。子供ができたのよ。それを知ったときは産むことしか考えなかったわ。ほらっ、三年前の事件で命の尊さは嫌ってほど思い知らされたし……。それに頼りなさそうに見えるけど、この人意外としっかりしてるのよ」

夫はよほど空腹だったのか、前菜をがっついていたが、恵のこの発言を聞いて照れくさそうにしていた。

恵は三年前に悲しい恋愛を経験した。しかし今ではとても幸せな生活を送っている。そう感じたまゆみは、心から祝福してあげようと思った。

「あなたこそ大学辞めちゃったの？　北海道の有名な大学だったのにね。あっ、この『きのこのマリネ』おいしいわ。この酸っぱさが凄くいいわ。妊娠するとほんとに酸っぱいものが食べたくなるのよ」

恵はおいしそうに前菜を食べている。

間違いない。誰かが私の名前を使って北海道から手紙を送っている。それも私の高校時代のバイト先の関係者だけに。しかし一体何のために……。

まゆみは次のコンソメスープを運びながら考えていた。

まゆみにはもう一つ大きな疑問があった。食事を楽しみに来ている夫婦にこれ以上私的な質問をするのはどうかとは思ったが、今聞かなければ自分のこのもやもやした気持ちが晴れるのはいつになるかわからない、そう考えたまゆみは意を決して恵に聞いた。

「恵、もう一つ聞かせて欲しいんだけど……。せっかく食事を楽しみに来てくれたのに場を壊したらごめんなさい。先に謝っておくわ。それでも聞きたいことがあるの」

「何よ？　友達でしょ？　遠慮しないで何でも聞いて。あっ、ひょっとして生理が来ないの？　だったら早く調べた方がいいわよ。早くしないと誰の子だかわからなくなっちゃうわよ。それに早く言ってあげた方が相手にとっても……」

「ち、違うから。ちゃんと来てるし、来なくなるようなこと……」

そこまで言うとまゆみは顔を真っ赤にしていた。

「なんだ、違うのか。せっかく一緒に子育てしようと思ったのに。じゃあ、何？」

まゆみは気を取り直して、聞きたいことを整理した。もちろんほかでもない、伊東温泉の花火大会のときのことだった。まゆみはまだ少しどきどきしている胸を手で撫で下ろしながら聞いた。

「恵、死んだことないよね？」

確かにまゆみが一番聞きたいことではあったが、これでは相手に通じるはずがない。

「はぁ？」

まゆみは大きく口を開いたまま、奇妙なものを見るような目でまゆみを見ていた。

「ご、ごめん、これじゃあ、わからないよね。あのね、私、八月に伊東温泉の花火大会に行って来たの。そこでね、私の目の前で一人の女性が亡くなったのよ。その人がまだ息があるときに名のったのよ。『まゆみ、久しぶり、関口恵よ』って。その五十歳近いおばさんはそう言って、しばらくして息をひきとったの」

まゆみはそのときの状況をわかりやすく説明したつもりだったが、恵には全く通じていないようであった。

「ソムリエになるのって大変なんでしょ？　ワインの銘柄とか、その味とか特徴とかいっぱい覚えないといけないいんでしょ？　まゆみ、ちょっと勉強しすぎなんじゃない？　ちゃんと休養も取らないとだめよ」

まゆみはすっかり変人扱いされてしまった。しかし無理もない。こんな話をまともに受け答えする人などそうはいないはずだ。まゆみはそう思っていた。

「本当においしい料理だったわ。今度は家族三人で来るわね。まゆみは早く一人前のソムリエになれるようにがんばってね」

恵はお腹を優しくさすりながら言った。

「ありがとう。恵も体に気を付けて元気な赤ちゃんを産みなさいよ」

まゆみのその言葉を聞くと、恵と夫は手をつながないで夜の街をゆっくりと歩いていった。そんな二人の姿を見送りながらまゆみは思っていた。

あのとき、「関口恵」と名のった女性、どことなく恵に似ている気がする……。

十四

平凡な毎日は意外と多いものである。いつもと同じ時間に起きて、いつもと同じ電車に乗って仕事に出かける。いつもと同じ時間に帰宅して、いつもと同じ時間に寝る。こんな毎日が続くこともある。ときには仕事中に思いも寄らぬ出来事が起こったりもするが、しかし、そのような普段と異なるイベントは残念ながらそうそうあるものではなかった。その日の石原まゆみはそのイベントが立て続けに起こる長い、長い一日だった。

偶然、「ラ・ファンテーヌ」に食事をしに来た関口恵、今は姓が変わり山崎恵との再会を喜んだまゆみは、そのすぐ後に常連客の木目田一紀のテーブルを担当した。木目田は仕事で新たな成功をし、その報告を兼ねて食事に来たという。木目田のあんなに晴れやかな笑顔を見たのは久しぶりだったまゆみは、木目田の成功をまるで自分のことであるかのように喜んだ。そんなまゆみを見て、木目田は大粒の涙を流していた。

さらに、まゆみが退社する直前には、まゆみ宛に一本の電話が入った。両親の殺害容疑で拘束されていた姉の理世からであった。まだ完全に容疑が晴れたわけではないが、とりあえず、証拠不十分で釈放されたという報告だった。もちろん、まゆみは姉のことを信じていたので、この上なく嬉しかった。まゆみは家に戻ってくるように勧めたが、理世は以前働いていたペンションに戻ると言った。世話になった支配人夫妻に多大な迷惑を掛けてしまったので、しばらくはペンションで無償の奉仕をしたいとのことだった。お互い落ち着いたら会おうと約束して、まゆみは受話器を置いた。

今日はいろんなことがあったなぁ。でもいいことばかりで気持ちがいい。

まゆみはすがすがしい気分で家路についていた。長い一日はまだまだ終わらないということを、このときのまゆみは知らなかった。

そろそろ家も何とかしないと……。職場の近くにアパートでも借りた方が便利だしなぁ。

両親を亡くしてからも、まゆみは一人では大きすぎる一軒家に住んでいた。ＪＲ町田駅から徒歩十五分の住宅地だった。家と土地を売却すれば、アパートで一人暮らしを始めるのには充分すぎるほどの元手ができることぐらいは承知していたまゆみであったが、両親の遺品や、思い出の詰まったこの家を離れるには、まだ決心が固まらなかった。

町田駅は駅の周辺だけは極端に栄えているが、十分ほど住宅地に向かって歩くと、物静かな、蛙の鳴き声すら聞こえる緑地が辺り一面に広がる。まゆみはその中の小道を、もうすっかり寒くなった夜風を感じながら足早に歩いていた。

誰かに尾けられている。

駅の改札口を出たときからだった。十メートルほど後方に自分を見つめる視線を感じた。人影がだんだん少なくなっていくなかで、その視線はよりはっきりと形を形成していった。そして今は、住宅地の薄暗い小道、まゆみとその視線以外は全く何もないのどかな風景である。

まゆみは知らず知らずのうちに走っていた。頭で考えるより先に、身体が身の危険を察知して勝手に走り出した。その視線から逃れるために、まゆみは普段は曲がらない角を曲がったり、公園の中を横切ってみたりと工夫を重ねて全力疾走した。そのかいあってか、まゆみの背後にはもうその視線は感じられなくなった。

これほど走ったのは久しぶりだった。まゆみは両手を膝の上に置き、中腰の姿勢で、乱れた呼吸を整えていた。街灯がまゆみを照らし、中腰で体を丸めたまゆみの影が、荒れた呼吸に合わせて小刻みに揺れている。

まゆみは目を閉じて乱れた呼吸の回復に努めた。だから全く見えなかった。まゆみの影に重なるもう一つの影があることに……。

「だから謝ってばかりいないで、事情をちゃんと説明してください。そしてあなたは誰なんですか？」

住宅地の中の小さな公園のベンチに腰掛け、まゆみは深夜であることを考慮して小さな声で言った。

「すみません。本当にすみません」

女性は先ほどからずっとこの調子だった。

「わかったから私の質問に答えてください。ちゃんと答えてくれなければ、私だってそんなことはしたくないけど、いっしょに警察に行ってもらうしかないですから」

「それは困ります」

女性は慌てて言った。

年はまゆみと同じくらい、もしくは一つか二つ下かもしれない。顔立ちはきれいな女性だったが、オーバーオールに黄色のトレーナーといったファッションでは田舎娘丸出しだった。

「だったら、一つずつ私の質問に答えてください。まず、名前を教えてください」

まゆみはベンチでうなだれる女性を見下ろしながら、目の前に立って言った。

「大柿……、大柿《おおがき》絵美《えみ》です」

そう名のった女性は下を向いたまま全身を震わせていたが、まゆみは構わずに続けた。

「何で私の後を尾けてきたのですか?」

「そ、それは……、あなたにどうしても言いたいことがあって……」

「私に言いたいこと? 何ですか? 言ってください」

絵美は黙って下を向いていた。

最初からおかしかった。尾行していた人物からうまく逃げられたと安心していたまゆみの目の前に、いきなりこの大柿絵美が現れた。まゆみは驚いて言葉を発することさえできなかったが、身に危険はなかった。なぜなら次の瞬間には大柿絵美の方が逃げるように走り去ったからである。まゆみは反射的に彼女を追った。そしてこの公園でやっと捕まえたわけだった。

「本当は警察に突き出す気なんてありませんから。それにあなた、そんなに悪い人じゃなさそうですし……。だから全部話してもらえませんか?」

まゆみはしゃがみ込んで、絵美の手を取って話しかけた。

「本当ですか?　私もあなたを信用してお話しします。私、私、あなたに本当に悪いことをしました。本当に申し訳ありません。実は私なんです、あなたのお友達に手紙を出していたのは。『北海道の石原まゆみ』は私なんです」

十五

何がどうなってるの？

まゆみは自宅の玄関のドアを開けながら先ほどの不思議な女性のことを考えていた。

尾行してきたと思ったら逃げちゃうし、捕まえたら、北海道から私の名前で手紙を出していたなんて言い出すし、そのことについてもっと詳しく聞こうと思ったら、また逃げちゃうし……。

まゆみは洗面所で手を洗いながらぶつぶつと文句を言っていた。

冷蔵庫を開け、パックのオレンジジュースに直接口をつけ、まゆみはごくごくと音を立てながら飲み干した。

やっぱりこの家は私一人じゃ広すぎるわ。

家が広ければ広いほど、今のまゆみには余計に寂しさを与えた。まゆみは家を離れる決心を固めつつあった。

ポツン、ポツン。

まゆみは水の滴る音を耳にした。

洗面所の水道だ。しっかり閉めなかったかな？

まゆみはジャケットを脱いで、それをリビングルームのソファーに乗せて、洗面所に向かった。

あれ？　ちゃんと閉まってる。

まゆみは洗面所の水道の蛇口がしっかりと閉められていることを確認すると、再び耳を澄ませてその音を聞こうとした。

ポツン、ポツン。

その音はまゆみのすぐ後ろから聞こえた。

お風呂場だ。

まゆみは何の迷いもなく風呂場の扉を開け、蛇口を閉めようと足を踏み入れた。

まゆみが片足を風呂場に入れたその瞬間から数秒の間、まるで時間が止まったかのように、まゆみはぴくりとも動かなかった、ただ一点を見つめたまま……。

まゆみが見つめるその先には湯船いっぱいに水が張られていた。水道から少しずつ流れ落ちる水滴が、水面にぶつかって音を立てている。そのせいで、湯船からは少しずつ水が滴り落ちている。

しかし、そんなことはどうでもよかった。まゆみの目に映っているのはそんなものではなかった。

湯船の中で、目を見開いたまま死んでいる裸の女性。

そしてその女性はつい先ほど、まゆみと出会ったばかりの大柿絵美だった。


とにかく警察を呼ばなくては。

震える足を無理矢理引きずりながら、まゆみはリビングルームにある電話機のところまで何とか辿り着いた。受話器を握り、もう一方の手でプッシュボタンを押す。

まゆみは大きく深呼吸をして、プッシュボタンの「1・1・0」を押そうとした。最後の「0」を押そうとしたその瞬間、受話器はまゆみの手を離れた。その代わりにまゆみの目の前に、銀色に光る鋭い物体が現れた。美しいほどの光沢を放つサバイバルナイフがまゆみの目の前にあった。

「その女性《ひと》みたいになりたくなかったらおとなしくしてなさい」

その声はまゆみの背後から聞こえた。

聞き覚えのある声だ。

まゆみはそう思い、それを確かめるために振り返ろうとした瞬間だった。全身に悪寒が走った。吹雪の中に裸で立たされているような耐え難い寒さだった。まゆみはその寒さに耐えられなくなり、身を丸めて床にひれ伏した。偶然触れた太ももの裏あたりが温かかった。正確には温かいものがついている気がした。まゆみはかすむ目をこじ開けて、手に着いた温かいものを眺めた。赤い液体だった。その液体は太ももからふくらはぎの辺りまで流れ落ちようとしていた。

まゆみの背中には銀色に光るサバイバルナイフが刺さっていた。

薄れていく意識のなかで、まゆみは逃げ去ろうとする人物の顔をぼんやりとだが捉えた。

まゆみがもっとも尊敬する先輩、櫻井香織だった。

十六

「第四回クリスマス、テイスティングコンテスト、ベーシック部門のグランプリは……」

トランペットとドラムのけたたましい音が会場中に響き渡り、スポットライトが誰を照らすべきか迷っているかのように、上下左右に激しく揺れている。

「レストラン『ラ・ファンテーヌ』代表、石原まゆみさんです」

大きな拍手と、それをかき消すほどのブラスバンドの演奏が鳴り響いた。

出場者席に座っていたまゆみは、隣に座る甲賀からポンと肩を叩かれ、満面の笑みを浮かべてステージに上がった。

神奈川県西部のレストラン協会と酒屋組合の協賛で、毎年十二月初旬に行われるこのコンテストは、優秀なソムリエやワインアドバイザーの育成を目的として四年前に始まったものである。今年は相模原の淵野辺メモリアルホールで開催されていた。ビギナー部門、ベーシック部門、エキスパート部門の三部門からなり、それぞれの部門で優勝者を決定する。ビギナー部門は誰でも参加が可能で、筆記とテイスティングの二項目だけである。テイスティングに関しても葡萄の品種と原産国を当てるだけである。ベーシック部門からは参加資格があり、レストランまたは酒屋に現在勤務する者で、ソムリエ資格、ワインアドバイザー資格を未取得の者に限られる。審査はビギナー部門と同じく、筆記とテイスティングだが、テイスティングで当てるのは葡萄の品種、原産国、そして年代《ビンテージ》もである。最後のエキスパート部門の参加資格はレストラン、酒屋に現在勤務する者で、ソムリエ資格、ワインアドバイザー資格を取得している者、つまりプロのコンテストである。審査は筆記とテイスティング、そしてロールプレイであった。ロールプレイとは、様々な状況の客を想定し、その客にどんなワインを奨めるか、なぜそのワインを選んだかを述べ、審査を受ける。テイスティングに関しても品種、原産国、年代はもちろんのこと、銘柄までも当てなければならない最難関の部門である。

「ラ・ファンテーヌ」代表としてベーシック部門にまゆみが、エキスパート部門に甲賀が出場していた。数ヶ月前の仮登録時にはエキスパート部門では、櫻井香織が出場する予定だった。しかし彼女は今……。

あれから一ヶ月以上が経とうとしていた。街路の木々は身にまとう薄茶色の葉を少しずつ脱いでいる。コートなしでは外を歩くのも辛くなっていた。

まゆみのけがも幸い傷は浅く、一週間ほどの入院で、日常生活には支障がないほどまで完治した。しかしながら、警察の懸命の捜索にも関わらず、櫻井香織の行方は依然としてわからなかった。

退院してからもまゆみは警察の事情聴取や、通院やらでなかなか職場復帰はできなかった。それらがやっと落ち着いて、まゆみが店に顔を出せるようになったときには、十一月も終わりに近づいていた。「ラ・ファンテーヌ」はクリスマスの準備で大忙しだった。店の同僚は皆、まゆみの復帰を心から喜んでくれた。まゆみも下手に気遣われることなく、今までと同様に皆が接してくれるのがありがたかった。事件のことを聞いてくる者はいなかったし、もちろん、櫻井香織の名を口にする者は誰一人いなかった。

「コンテスト、僕が出ることになった。一緒にがんばろう」

甲賀にそう声をかけられるまですっかり忘れていた。

私、コンテストに出るんだった。

ろくに勉強もできなかったまゆみは、辞退しようかと甲賀に相談すると、今までの仕事での経験が何よりの勉強になっているからと説得され、結局出場することになった。

「私は『ロゼ・ド・ワール』をお奨めします」

その瞬間、会場中が一斉に沸き上がった。

「ロゼだってよ」

「あいつ、ほんとにソムリエ資格もってるのか?」

「これで一人落選決定だな」

コンテストはエキスパート部門の二次審査、ロールプレイを迎えていた。一次審査の筆記試験での成績上位六名がこの二次審査を受けている。ここから更に三名が落選し、残った三名で最終審査、大会の華でもあるエキスパートテイスティングが行われる。

二次審査、ロールプレイの設定は以下のようなものだった。客は二人、五十代の男性と四十代の女性の夫婦、二人は前日の親戚の葬式に参列するために青森から上京、本日は朝から東京観光をし、ここでのディナーの後、一晩宿泊して、翌日の朝帰宅する。料理は二品で、前菜が『オマール海老と洋なしのリエット』、メインが『カナール・オ・サン』であった。『カナール・オ・サン』とは皮はかりかりに、中味は血が滴るくらいのレアにローストして、骨から身をはずした鴨料理で、鴨からとっただし汁、レバーの裏ごし、マデラ酒などを加えたソースがかけられた料理である。

以上の設定のロールプレイで、最後の六番目に登場して「ロゼワイン」を選んで、会場中を沸かせたのはほかでもない、甲賀であった。

それも無理はなかった。まゆみでさえ、甲賀のその選択には首を傾げた。

甲賀さん、一体何を考えてるんだろう?

他の五名は全員、「赤ワイン」からの選択であった。「ジュヴレイ・シャンベルタン」といったブルゴーニュを代表する赤ワインや、「サン・テミリオン」などボルドーのコクのある赤ワインを誰もが選んだ。メインが鴨料理である以上、ある程度のコクと重さがなければワインが料理を引き立てるどころか、何の味気もないものになってしまうからである。

「何も料理との相性にこだわる必要なんてありません。私が着目した点はこの設定のご夫婦の体調についてです。お二人は朝から一日中、東京観光をしてディナーにやってきました。お二人のお年を考えても相当疲労しているはずです。さらには前日に親戚の葬式があったということからも、精神的にも滅入っているはずです。そのようなお客様に、いくら料理との相性が良いからといって、重たい赤ワインをお出しすべきではないのではと、私は考えました。そしてさわやかな酸味と程良い辛口をもちながら、微妙なコクを感じさせるこの『ロゼ・ド・ワール』を選びました」

会場は一瞬静まり返り、そして拍手の嵐が甲賀を襲った。審査員席からも大きな拍手が送られている。

そういうことか。さすが甲賀さん。

まゆみは立ち上がって拍手を送った。ほかの出場者が皆、料理との相性でワインを選んだのに対して、客の体調を一番に考えてワインを選んだ甲賀は文句なしで、二次審査一位の成績で最終審査に進出した。

「まさか九一年のボルドーにあんなにすばらしいものがあるとは……」

まゆみが甲賀からこのセリフを聞かされたのはこれで六回目だった。

「でも凄いじゃないですか。二次審査はトップの成績だったし、最終審査だって一対一の最終決戦までいって、立派な準優勝ですよ、甲賀さん」

甲賀とまゆみはコンテスト会場からタクシーを拾い、「ラ・ファンテーヌ」に向かっていた。

「悔しい。僕もまだまだだな」

甲賀は会場を後にしてからずっとこの調子だった。

「あのぉ、甲賀さん、私の優勝賞金なんですけど、皆さんのおかげで優勝できたと思ってますので、お店の皆さんと飲みにでも行こうかと思うんですけど……」

まゆみは頭を抱えて悔しがっている甲賀に言った。

「えっ？　そんなことする必要ないって。それは自分の努力で勝ち取ったものなんだから自由に使いなよ」

「じゃあ、せめて一番お世話になった甲賀さんには何かさせてください」

まゆみは甲賀の顔をのぞき込んで聞いた。

「何かって言われてもなぁ。あっ、そうだ、それならその副賞の方を半分もらうよ」

甲賀は笑顔で言った。

「えっ、副賞ですか？」

甲賀はカバンの中からシステム手帳をとりだし、スケジュール欄を開いた。

「クリスマスが終わるまでは無理だな。店も忙しいし、お互い休みもないしな。年末近くになったら店も落ち着くから連休も取れるだろう。その辺にしよう」

まゆみは呆然としていた。

「ベーシック部門グランプリ」の賞金は十万円、そして副賞は伊豆弓ヶ浜ビーチホテルのペア宿泊券であった。

十七

見渡す限り、カップルしかいなかった。よく遊園地や映画館などでカップルがやけに多いと思えるときがあるが、それでも家族客や観光の団体客などがいるものである。しかしここは本当にカップルしかいなかった。

甲賀とまゆみは先日の「テイスティングコンテスト」の副賞の伊豆の旅行券を利用して観光に来ていた。二人きりの旅行ということもあってまゆみは最初躊躇したが、甲賀があまりにもあっけらかんと誘ってくるので、つい行く約束をしてしまった。しかし、今になって少し後悔していた。まゆみは甲賀に思いを寄せていたが、それが果たして恋愛感情なのかどうかわからなかった。そんな状況なのに、正式に交際しているわけでもない男女が一泊旅行に出かけて良いものか、しかも、のこのことついてきた自分が軽い女に見られてないか、まゆみはそのことを心配していた。

「このプリクラ、限定のだ。せっかくだから一緒に撮ろう」

甲賀は嬉しそうに言った。

二人が目指す場所は伊豆半島南部の弓ヶ浜海岸にあるリゾートホテルだった。甲賀の愛車、真っ赤なユーノスロードスターで東名高速の沼津インターチェンジを降り、伊豆半島の西部を海沿いに走って来た二人は昼食がてら土肥町の「恋人岬」に寄り道をしていた。

「このプリクラをこのアルバムに貼るみたいだ」

プリクラを撮り終えた甲賀とまゆみは、備え付けられている専用のアルバムに、今撮り終えたばかりの「恋人岬」の名が入った限定プリクラを貼り付けた。

「凄い、こんなにたくさんのプリクラが貼ってある」

その大きなアルバムは全部で二十冊近くあり、何年も前からびっしりと貼り付けられていた。

まゆみは偶然手にした「九七年五月〜八月」というアルバムを何気なくめくっていた。

えっ、これ、もしかして……。

まゆみはページをめくる手を止め、その中の一枚のプリクラを見つめていた。

間違いない。恵だ。

そこには先日、大きくなったお腹を重たそうにしながら、「ラ・ファンテーヌ」にやってきた山崎恵、旧姓関口恵が写っていた。当時高校二年生の恵は、顔の輪郭も今より痩せていて、ぱっと見ただけではわからないほどであった。そして隣でピースサインをしながら写っている男はまゆみもよく知る人物だった。

安藤大悟さんだ。

安藤大悟は恵が当時交際していた大学生で、あの事件の被害者の一人だった。彼の死の知らせを聞いた直後の恵は部屋に閉じこもったまま何週間も誰とも会わなかった。まゆみは友人たちと何度も見舞いに行き、一ヶ月が過ぎた頃やっと顔を見せてくれるようになった。流す涙も枯れ果てるほど泣いたのであろう。恵の目は真っ赤に腫れ上がり、ろくに食事もとっていないせいでがりがりに痩せこけていた。そんな恵を見てきたからこそ、まゆみにとって今回の恵の結婚の話はひと一倍嬉しいことであった。

「どうした？　知ってる人でも写ってたか？」

アルバムを見つめたまま身動き一つしないまゆみを見て甲賀が言った。

「いいえ、何でもないの。それよりあっちにも行ってみましょう。何かあるみたいよ」

まゆみと甲賀は細い山道を矢印の看板が先導する方へと歩いていった。

「この先が『恋人岬』で『愛の鐘』っていうのがあるらしい。それを海に向かって二人で鳴らすと、その二人の愛は永遠に色褪せることがないらしい。しかもその鐘を鳴らすと、あっちの事務局で『恋人宣言証明書』ってのを発行してくれるんだってよ」

ロマンチックすぎる企画が目白押しのこの場所に、まゆみは少し照れくさくなったが、甲賀の方はとても嬉しそうだった。

「結構歩くんですね」

山道を歩きながらまゆみがそう言ったすぐ後に、「愛の鐘」が小さく見えてきた。

凄いきれいだ。

岬の先端に立つその「愛の鐘」は晴れ渡った青空と、一面の海と、そして富士山をバックに神々しささえ漂わせて輝いていた。

甲賀はその光景を目にした瞬間、走り出しそうになった。しかしそれよりも早く、まゆみはすでに走っていた。しかしそれは「愛の鐘」が見える岬を目指してではなく、小道から脇に入り、山の中へと走っていた。木々が生い茂っているせいもあり、甲賀がすぐにまゆみの姿を見失った。

甲賀はわけがわからずただ呆然としていた。しかしそのままその場に突っ立っているわけにもいかず、意味のわからぬまま、まゆみの後を追った。


「後ろは崖です。もう逃げないでください。ちゃんと話を聞かせてください」

まゆみは山の中を走り抜け、景色が広がる絶壁の頂上に来ていた。

女は振り返ろうともせずに、絶壁の上で海を見つめたまま立ちつくしている。

甲賀と「愛の鐘」を目指して歩いていたとき、まゆみは背後に視線を感じた。とっさに振り返ったまゆみの目に映ったのは一人の女性だった。女はまゆみと目があった瞬間、すぐ横の山の中の茂みに逃げ込んだ。次の瞬間にはまゆみも女を追っていた。

「お願いです。話してください。何であんなことを……。私、今でも信じられないんです」

女は黙ったままだった。

「尊敬してたんです。きっと何か、わけがあるんですよね？　櫻井さん」

櫻井香織はゆっくりと振り返った。その表情は以前「ラ・ファンテーヌ」でまゆみや客たちに見せていた晴れ晴れとした笑顔とはうって変わって、冷血で感情を持たない阿修羅のような形相であった。

「話すことなど何もないわ。すべてはこれからわかること。ずっとずっと先にわかること」

櫻井香織の身体はまるで宙を浮いているかのようにゆっくりと、ゆっくりと海面に向かって飛んでいった。


甲賀とまゆみはそれから翌日まで、警察の事情聴取に協力し、帰京したのは夜も更ける頃だった。二人の旅行はこのような形で終わったが、まゆみは香織の残した最期の言葉が気になって仕方がなかった。

これからわかるってどういうこと？

警察と海上自衛隊による捜索も虚しく、櫻井香織の死体は上がらなかった。

十八

「一体どうなさったんですか？　あんなミス、支配人らしくないですよ」

「すまない。君には迷惑をかけた。本当にすまない」

支配人の山内貴弘はそう言うと、目の前に置かれた日本酒が一杯に注がれたお猪口を手に取り、一気に飲み干した。

「いえ、僕は別に迷惑だなんて思ってないですけど……」

甲賀のその言葉のすぐ後にまゆみが続いた。

「あっ、そういえば支配人、奥様から電話が入りましたよね？　あれから様子がおかしくなったように思えるんですが……？」

山内、甲賀、そしてまゆみの三人は「ラ・ファンテーヌ」の閉店後、近くの居酒屋で一杯飲んでいるところだった。今日、山内は仕事中、信じられないようなミスをした。卵のアレルギーをもつ常連客に、卵の使用された料理を間違えて出してしまった。このようなミスはレストランでは絶対にあり得ないし、あってはならないことであった。これが原因で客が身体の不調を訴えた場合、レストラン側の非が問われ、最悪、マスコミ沙汰の問題にまで発展する。だからホールの責任者である支配人は、このような客はたった一度の来店客でも忘れずに記録に残す。そして二度、三度来店してくれるようであれば、いちいち客の方からその旨を告げられなくても対応できるようにしてあるのである。ところが今日の客は常連客であるにもかかわらず、山内は卵の使われた料理を出した。幸い、隣のテーブルを担当していた甲賀がすぐに気付き、料理を取り替えたことで大事には至らなかったが、一歩間違えれば店の信用問題に関わることだった。

「支配人、何か心配事があるんじゃないですか？　僕たちにできることだったら協力しますよ。何でも話してください」

甲賀は山内の目の前の空になったお猪口に酒を注ぎながら言った。

「いや、君たちには迷惑はかけられん。櫻井のことで、ただでさえ店は大変な状況なのに、私のプライベートの問題まで頼るわけにはいかん」

山内はきっぱりと言った。

確かに今、「ラ・ファンテーヌ」のスタッフは皆動揺していた。つい最近までともに仕事をしていた仲間が殺人容疑で指名手配されているとなれば当然のことであった。事情聴取や張り込みで、連日警察の姿を目にした。特に甲賀とまゆみに至っては、恋人岬での一件もあり、毎日のように事情聴取をされている。

「だったらなおさらじゃないですか。お店がそういう状況なんだからこそ、支配人にはしっかりしてもらわないと。お力になれるかわかりませんが、私にも協力させてください」

まゆみは座敷のテーブルから身を乗り出して言った。

「ありがとう。私は本当に良い部下をもった」

山内は目に涙をうっすらと浮かべ、お猪口をもう一度空にした。

「実はな、石原がさっき取り次いでくれた女房からの電話は娘のことだったんだ。娘がまた補導されたらしい」

三人が取り囲むテーブルに、一瞬冷たい風が通り抜けた。山内の告白は、そんな空気の変化など感じぬかのように続けられた。

「私には中学三年になる娘がいる。自慢じゃないが小さい頃はかわいくてね、『パパ、パパ』って私が帰宅すると、夜遅くにもかかわらず抱きついてきたものだよ。それが中一の終わり頃からぐれ始めてしまってね、喫煙、飲酒、シンナー、恐喝、何度も警察に補導されている。今日もまた何かやらかしたらしい」

山内は溜息をついた。

「支配人、警察に行かなくていいんですか？　奥様からの電話、警察に来てくれってことだったんじゃないんですか？」

甲賀が驚いたような口調で聞いた。

「いや、いいんだ。もうきりがない……」

山内は空になったお猪口に自分で酒を注ぎ、また一気に飲んだ。

「そんなぁ、支配人が諦めてしまったら……」

まゆみが思わず口にしたその言葉を聞いて、山内は目の色を変えて怒鳴った。

「おまえら若造に何がわかるか。親の気持ちの何がわかる？　生意気なこと言うな」

周りの客の視線が一斉に山内に集中し、さすがに山内もそれに気付き、冷静さを取り戻した。

「すまん、感情的になってしまった」

「でも何で、娘さんが急にぐれ始めてしまったんですか？　何かきっかけがあったんですか？」

まゆみはばつの悪そうにしている山内に気を遣って、すかさず話を展開させた。

「寿江《ひさえ》には二つ上の姉がいたんだ。昔から仲が良くてな。どこに行くときもいつも一緒だった。姉はしっかり者で、妹思いの良くできた子だった。寿江も、お姉ちゃんみたいになりたい、とよく言ってたよ。しかし寿江が中一の夏、白血病で亡くなったんだ。それから急に寿江は変わっていった。私を見る目もまるで軽蔑しているかのようで……」

山内は大粒の涙を流しながら言った。

「支配人、私、娘さんの気持ち少しわかります。私も最近両親をいっぺんに亡くしましたから。私もそのときは頭が混乱して、気が変になりそうでした。この年の私ですらそうなってしまうんですから、思春期の娘さんにしてみたら、最愛のお姉さんを亡くしたのだから、そうなってしまうのも無理ないと思います。それから私に考えがあります。今度の日曜日、娘さんを

『ラ・ファンテーヌ』に連れて来てもらえませんか?」

「かっこわるい。何あれ、みんなにぺこぺこ頭下げて」

「そんなこと言わないの。お父さんだって一生懸命仕事してるの。それにお店に招待してくれるなんて珍しいことよ。お母さんなんて、結婚してから一度もなかったわよ」

「別に来たくて来たわけじゃないし、お母さんがおいしいところでご飯食べようって、騙して連れて来たんじゃん」

山内寿江は母親に連れられて、「ラ・ファンテーヌ」のディナーに来ていた。寿江は胸元の大きく開いた黄色の服に、極端に丈の短いショートパンツ、そして厚底ブーツという今時の「ギャルファッション」であった。

「おいしいところという点では嘘ではないですよ。初めまして、本日のテーブル担当をさせていただきます石原まゆみです。支配人にはいつもお世話になってます」

まゆみは丁寧に挨拶をした。

「どう? お父さんの働く姿を見るのは初めてでしょ? 少しは見直した?」

まゆみの質問に寿江はしかめっ面をして言った。

「だっさいよ」

「まあいいわ。今日の食事が終わる頃にはきっと考えも変わってると思うわ」

まゆみは寿江と母親のグラスにワインを注いだ。

「ワインを出したことは内緒にしといてね。中学生にワインはちょっとまずいからね」

コースも終盤を迎え、まゆみは寿江と母親の肉料理の皿を下げようとしていた。

「どうですか？　今日のお料理は」

「思ってたよりおいしいかな。なかなか私好みの味だったよ」

寿江は満足げに言った。

「それはあなた好みの味にしたからよ。支配人からの指示でね。酸っぱいものとペッパーの辛さが苦手なんでしょ？　だから前菜に本来ならバルサミコ酢を使うんだけど使わなかったし、メインの肉料理にもペッパーは使わなかったの。でも勘違いしないでね。あなたを特別扱いしてるわけではないのよ。支配人はお客様の好みや、苦手なものをすべて記憶しているの。だから予約を受けたときや、お客様がいらしたときにその情報をすぐに料理長に伝えているのよ。今いらっしゃるお客様の顔を見てみて。みんな楽しそうでしょ？　これはみんな支配人が陰で演出しているのよ。人をあんなに楽しくさせることなんて普通の人にはできないことよ」

寿江は周りを見渡して、そしてばつが悪そうに下を向いた。

「あら、こんなにワイン残しちゃって。せっかく支配人からのプレゼントなのに」

「料理は確かにおいしかったけど、このワインは私の口には合わないわ。何だか渋くて」

「騙されたと思ってもう一口飲んでみて。きっと何かが違うわよ」

寿江はまゆみにそう促され、ワインに口をつけた。

「あっ、おいしい。渋みもなくなってる。さっきのワインとは大違いだ」

「それは『シャトー・マルゴー』というワインでね、年代は一九八五年のものよ」

「八五年？　私が生まれた年だ」

「そう、あなたが生まれた八五年、フランスのボルドーの葡萄はとても良質のものが取れた年なの。でもね、その葡萄で作ったワインも飲み頃というのがあってね、このワインは本当はあと五年後くらいに飲むのが一番いいかもね。今は渋いワインだけど、ちょっと空気に触れさせてあげただけでこんなに味が変わるんだから、あと五年も寝かせてあげたらきっと凄いワインになるわよ。そのとき、あなたはどんな人になってるのかな？」

まゆみは寿江に問いかけた。

「五年後の私？　二十歳の私？」

「お父さんはきっといろんな願いを込めて、今日このワインをプレゼントしたんだと思うよ。それにすごく高いワインなんだから」

寿江は何も答えなかった。その代わりに寿江の頬を流れる涙がすべてを語っていた。

「おい、石原、この前はいろいろ世話になったな。あいつあれからワインの本たくさん買い込みやがって、将来はおまえさんみたいなソムリエになるなんて言ってやがるんだ。おまえもまだ見習いなのにな」

まゆみは笑いながら山内の話を聞いていた。

山内寿江が「ラ・ファンテーヌ」でソムリエとして働き、まゆみとその腕を競い合うのはずっとずっと先の話であった。

十九

その日は間違いなくまゆみにとって人生最悪の日だった。まゆみの生きてきた二十年間でこれほど辛い日はなかった。両親を一度に亡くしたあのときよりも……。

十時からの出勤であったまゆみは余裕のある朝を過ごしていた。朝食のトーストを食べながら新聞を読んでいた。新年を迎えてから早くも一ヶ月が過ぎていた。去年からずっと信じられないような出来事と向き合ってきたまゆみは、今年こそ平和な生活が送れることを願っていた。しかしそんな願いを打ち砕くかのように玄関の呼び鈴が鳴った。それがまゆみの身に危険が迫る警報であることなど、このときのまゆみは知る由もなかった。

「宅急便です。お届け物はお手紙ですが、日時指定でお届けに上がりました」

まゆみが玄関のドアを開けると見慣れない宅配業者の制服を着た男が立っていた。

「当社はどんなお品でも確実にお客様の希望なさった日時にお届けいたします。ご用命がありましたら、こちらのチラシの番号までお電話くださいませ」

しっかりと会社の宣伝をして、その男は駆け足で去っていった。

日時指定で手紙を送るなんて誰からだろう？

まゆみはその茶封筒を裏返し差出人欄を見たが、そこには名前がなかった。居間に戻り、はさみで丁寧に封筒の口を開け、まゆみは中から便箋を取り出した。折りたたまれた便箋を開き、真っ先にまゆみの目に飛び込んできたのは手紙の最後に書かれていた差出人の名前だった。

大柿絵美より。

そこにはそう書かれていた。大柿絵美といえば昨年突然まゆみの前に現れ、「北海道の石原まゆみ」と名のった女性だった。そして絵美はその後、まゆみの自宅で死体となって発見された。その容疑者は今も行方不明の櫻井香織であった。

まゆみは飲みかけのコーヒーを一口飲み、椅子に座ろうともせずに手紙を読み始めた。

石原まゆみさんへ
この手紙が届く頃、おそらく私はもうこの世にはいないと思います。事情は順々に説明していきますが、まずあなたに謝りたい気持ちでいっぱいです。本当に申し訳ありません。北海道からあなたの名前であなたの知人に手紙を送っていたのは私です。なぜそんなことをしたのか、きっと気になると思います。それをこれからお話しします。
私が生活する北海道の酪農にあの二人が現れたのは去年の四月でした。二人は私にアルバイトをしないかと言ってきて、いきなり手付け金で莫大な大金を置いていきました。仕事の内容はとても簡単で、二人から封書が届き、その中に入っている手紙を私が郵便ポストに入れるというものでした。そんな簡単なことで何でこんな大金をもらえるのかと尋ねたところ、これは口止め料だと言われました。そしてもし、この話を他人に話したら、私の命の保証はできないと脅されました。私は強制的にこの仕事を受けざるを得ない状況になりました。

最初のうちは大金がもらえればいいと、割り切ってやっていましたが、そのうちあまりにも大きな報酬から、自分のしていることがとんでもなく悪いことではないかと思うようになりました。だから私は独自に、手紙を送っている人物たちと、そして差出人になっている「石原まゆみ」について調べました。

背筋がぞっとしました。あのときの感覚は今でもはっきりと覚えています。私は調査によって、その人物たちは皆、三年前のあの怖ろしい事件の関係者だということがわかったのです。私はすぐにあなたに報告しようと思いました。この手紙を専門の業者に託し、私が無事にあなたに事情を伝えることができれば、この手紙は意味のないものですので廃棄してください。でももし、私の身に何かあった場合、おそらくその可能性の方が高いと思いますが、この手紙に書かれていることを事実として受け止めてください。

最後に私に仕事を依頼しに来た二人について書きます。一人は二十代後半の女性でした。しかしもう一人の人物は、車の中からずっとこちらを見ているだけで、しかも黒いコートに黒いマフラー、そして黒のニットキャップを深くかぶり、サングラスをしていました。体格、話し方、男女の区別さえつきませんでした。

それでは、私はこれからあなたに会いに行きます。無事に会えることを祈って。

大柿絵美より

出勤時間はとっくに過ぎていた。手紙を読み終えたまゆみはただその場に立ち尽くしていた。しばらくして我に返ったまゆみは、手紙の内容をもう一度整理し、一つの結論を出した。北海道からなぜまゆみの名前で手紙が、知人たちに送られてきたかはわかった。しかしなぜそんなことをしたのかは、依然わからないままだった。

まゆみは次の瞬間、受話器を手に取り、「ラ・ファンテーヌ」に電話を入れていた。体調不良を理由に欠勤する旨の電話だった。もちろん体調不良というのは休むための口実に過ぎなかった。

このもやもやする気持ちを解決する方法は一つしかない。

まゆみは鋭い目つきで、何かを心に決めたような表情を見せた。

マッコイズに行こう。そして彼女に会えば、すべてがわかる気がする。三年前の事件にもっとも深く関わる人物、弘光深里に。

まゆみがそう決心した瞬間のことだった。家中の電気が消え、まだ午前中だというのに真夜中のように真っ暗になった。

わけがわからず立ち尽くしながらも、まゆみは背後からはっきりとした人の声を聞いた。

「そろそろ気付く頃だとは思ってたよ。でもね、困るんだ。弘光深里に会われては困るんだ」

まゆみはその声の方向を向いたがそこには誰もいなかった。頭がおかしくなりそうだった。恐怖と様々な謎がまゆみを襲い、ただその場で震えることしかできなかった。そんなまゆみに背後から忍び寄る影に気付けという方が無理だったのかもしれない。

まゆみが気付いたときには、背後から首を絞める腕の感覚と、それに伴う痛みと息苦しさに襲われていた。

力が抜けていくのがわかった。視界がぼやけていくのがわかった。しかしまゆみは最後の力を振り絞り、頭を反転させてその人物の顔を直視した。

「何で？　何でですか？」

まゆみの目に映ったのは、とてもよく見慣れた顔だった。

甲賀聖司だった。

二十

「本当はこんなことしたくないんだ。でも、もうこれしか方法がないんだ。すまない、許してくれ」

「な……んで……？」

まゆみは大粒の涙を流しながら必死で抵抗していた。

「そうだな、このまま何もわからずに死んでいくんじゃ浮かばれないよな。冥土の土産に教えてあげるよ」

甲賀のまゆみの首を絞める腕の力が少し弱まったが、すでに気力の抜けきっているまゆみにとっては、抵抗する力は残っていなかった。薄れゆく意識のなかでまゆみは甲賀の真相の告白をぼんやりと聞いていた。


「何から話せばいいだろう。まずは僕の正体から話すべきかな。甲賀聖司、そんな人物は本当は存在しないんだ。僕が勝手に作りだした人物なんだ。特別な力を使って、あたかも昔からそこに存在したかのように、周りの人物に思いこませてね。僕は未来から来た人間なんだ。この時代では甲賀聖司として暮らしていた。これでもう感づいたかもしれないが、櫻井香織も同様に未来から来た人間で、この時代には本当は存在しない人物だ。僕たちは未来のある人物から使命を受け、この時代にやってきた。君のそばで君を監視し続けることが目的だ。何でそんなことをするのかって？　それは君と弘光深里を出会わせないためだよ。だから大柿絵美という子を利用して、あたかも君は北海道にいるかのようにしたんだ。これですべてうまくいくはずだった。こんな強行手段に出ずに済むはずだった。現にあの方からの命令も君と弘光深里を会わせないということであり、決して危害を加えてはいけないというものだった。しかしそうも言っていられなくなった。そんな悠長なことをしていたのでは未来は変わらないということに気付いたのだ。ほら、君と伊東に行ったときのことを覚えているかい？　関口恵と名乗る一人の女性が、僕たちの前で息絶えただろ？　あれは間違いなく、未来から来た関口恵だ。あれには驚いた。君に何を言いたくてやって来たのかは知らないが、未来が相当まずい状態だということがわかった。『時空跳飛機』、つまりこの時代でいうタイムマシーンは未来でも誰もが使えるという代物ではない。国家の政権を握るものだけが使えるものだ。しかも歴史を変えないように、過去や未来に行く際に、自分の姿形を完全に変えていかなければならない。それなのに関口恵は……。僕と櫻井香織は独断で強行手段を行使した。君と君を取り囲む人物たち、そして三年前のあの事件に関わる人物を全て消し去ろうとした」

甲賀はそこまで話すと、話し疲れたのか、一息ついた。

「何で……？　私と深里を……？」

まゆみはかすかに残った力を振り絞り、口を開いた。

「この時代の君に言っても信じないだろうが、石原まゆみと弘光深里は後にこの国の指導者になる。二人で政党を立ち上げ、その政党は後に政府第一党になる。君たち二人の持つカリスマ性に国民は皆ついてくる。しかし未来はそんなに甘くはない。二〇二八年、政府は核戦争を起こし、自ら破滅の道をたどる。そのきっかけとなったのが、君と弘光深里の政策路線の意見の食い違いによる政党分裂だ。政府は崩壊し、国民は『核の冬』のなかでの最悪の生活をしている。そんな状況を何とか打破しようと『総理』は僕と櫻井香織に使命を与えた。過去に飛び、石原まゆみと弘光深里を監視し続けることだった。だから僕たちはこの時代に飛び、君たちの再会を阻止しようとした。しかしもうそんな面倒なことはうんざりだ。君と弘光深里がいなくなれば、未来はきっと……」

甲賀はまゆみの首を絞める腕に一気に力を入れ、最後の仕上げをしようとしていた。

もうだめ……。

まゆみがそう思った次の瞬間、だんだんと身体が楽になっていくような感覚を覚えた。

死ぬときってこんな感じなんだ……。

そんな思いとは裏腹に、まゆみの呼吸が少しずつ整い、全身に少しずつ力が入り始めた。視界がはっきりしてきたとき、まゆみの目に映ったのは自分の隣に倒れている甲賀の姿だった。

一体どうなってるの？

「間一髪ってとこね。危ないところだったわ」

まゆみは倒れたままの姿勢で、その声の方を見上げた。そこには石井麻衣が手を差しのべて立っていた。「ラ・ファンテーヌ」で暇さえあれば、まゆみをいじめていたあの石井麻衣だった。

「石井さん、何でここに？」

「あなたを助けに来たのよ。私もずっとあなたを見張ってたの」

石井はまゆみを抱え起こすと、グラスに水を注ぎ、まゆみに手渡した。甲賀はまだ気を失ったまま倒れている。

「事情はすべてわかったでしょ？　信じられないかもしれないけど、全部本当のことよ」

まゆみはグラスに口をつけ、ゆっくりと水を一口飲んだ。

「じゃあ、石井さんも……？」

「そうよ。私も未来から来たの。久しぶり、まゆみ。私は未来の弘光深里よ」

信じられないような話ばかりで、まゆみは少し混乱していたが、弘光深里にそう言われると、何だかすべてを自然に受け入れることができた。

「深里？　深里なのね？　ねえ、教えて、私たち、未来で一体どうなってしまうの？」

「それはまだわからないわ。すべてはこれから決まることなの。『総理』やほかの人たちは過去で私とあなたが出会わなければ、あんなことにはならなかったと思っているけど、私はそうは思わない。あの核戦争は私たちの出会いなんてものとは関係なく、怠慢になりすぎた人間が起こしてしまったものなの。だから私はその後の未来をあなたといっしょに変えていきたいの。だから自ら過去に飛び、私とあなたの出会いを阻止しようとする力と戦っているの」

石井麻衣、いや、弘光深里はそう言いながら笑顔を見せた。

呼吸も整い、精神状態も少しずつ落ち着いてきたまゆみはしっかりとした口調で言った。

「信じられないような話だけど〝何となく事情はわかったわ。深里がそう言うのならすべて信じる、でもどうして……、どうして……、私とあなたの再会を阻止するためにこんなに大勢の人が死ななければならないの？　お父さんもお母さんも三年前の事件とは関係ないのに、ただ私の両親だというだけで殺されちゃったのよ。私の関係者だというだけで……。どうして助けてくれなかったの？」

深里は返す言葉がなかった。自分の力不足以外の何ものでもないということを痛いくらい実感していたからである。

「ごめんなさい。そのことについては謝ることしかできないわ。私の考えが甘かったの。彼らがあなたを取り囲む人物を消し去り、あなたを孤立させ、私との再会の機会をなくそうとしていたのはわかった。そしてそれがうまくいかなくなったら、あなた自身に危害を加える可能性があることも気づいていた。でもまさか、三年前の事件と直接関係のない御両親までとは……。

そこまでして精神的にもあなたを孤立させようとしているとは思わなかった」

深里はまゆみを抱きしめ、涙を流した。

まゆみはしばらく深里の胸に顔を埋めていたが、何かを思い立ったかのように、深里の肩をぎゅっと摑み、話し始めた。

「時代を行き来できるんだったら、もう一度、お父さんとお母さんが殺される前に行って、助けてあげてよ。ねっ、できるでしょ?」

まゆみの目は輝いていた。両親ともう一度会える、ただそれだけしか今のまゆみの頭の中にはなかった。急に降って沸いてきた一筋の希望の光しかまゆみには見えなかった。

深里は依然として悲しい目をしていた。

「確かにそのときに行って、あなたの両親を守ることはできるわ。それどころか、三年前の事件で亡くなった人たちすべてを助けることだって……。でもね、仮にそうしたとしても、その時点から新しい歴史のルートが発生するだけなの。だからあなたが今生きているこの歴史のルートには何の影響も及ぼさないの。これは未来の世界でも最近になってわかったことなの。この時代に来た甲賀と櫻井が散々歴史をいじくりまわしたけれど、未来の世界は何も変わらなかった。だからこそ聞いて欲しいの。これであなたはこの時代の私、『弘光深里』と再会できるわ。二人が再会してその後何をするのか、それはこれからのあなた次第なの。あなたたちの未来は変えられる、それだけはずっと信じ続けて欲しい。お願い……」

深里はもう一度まゆみを抱き寄せた。

エピローグ

体中を覆い尽くす液体の水位が少しずつ下がっていくにつれ、イオンの臭いが刺激臭となって弘光深里を襲った。

カプセルが自然に開き、深里は全裸のまま歩き出した。

「おかえり」

深里はその声の主の方を向き、質問を投げかけた。

「何で追ってこなかったの？」

声の主は何も言わずに全裸の深里にバスローブを手渡した。

「追ってくれれば間に合ったはずよ、『総理』」

弘光深里と「総理」はこのビルの屋上で対峙した。話し合いも決裂し、らちがあかなくなった弘光深里は「時空跳飛機」で過去に向かった。「総理」はその光景を黙って見ているだけだった。

「あなたに賭けてみようと思ったから。あなたが過去で何をしてくるのか、それに賭けてみようと思ったから」

「総理」はやっと口を開いた。広い研究所の中は静まり返り、深里と「総理」の声が辺りに大きく響くだけだった。

「驚いたでしょう？　私の過去での行動を見て」

深里は受け取ったバスローブを身にまとい、地面に座り込みながら言った。

「ええ、てっきり私を殺しに行ったのかと……」

深里は大きく深呼吸をして言った。

「もう一度二人でがんばりましょう。二人で力を合わせてこの国を建て直しましょうよ。きっとできるわ、「総理」、いや、まゆみ」

石原まゆみは黙ったまま天を仰いだ。

「二十歳のあなた、私が想像してたよりずっとしっかりしてたわ。昔から芯の強い子だったものね」

石原まゆみの顔からわずかに笑みがこぼれた。

「私たちにできるかしら？」

「できるわよ、きっと。二十歳のあなたはどんなことだって、絶対に諦めない人だったわよ。そのときの気持ちを思い出せばきっと……」

「ずるいわ、深里は。二十歳の私を知っているんだもの。私は二十歳のあなたを知らないのに」

今度は深里の顔から笑みがこぼれた。

「二十歳の私かあ、とても見せられるものじゃないわ」

「いいわ、今度機会があったら、勝手に見てくるから」

二人は大声で笑った。こんなに笑ったのは久しぶりだった。国のトップに立つ二人が、こんな状況のなかで大声で笑っている姿を国民が見たら不謹慎だと思うに違いなかったが、二人は構わずに笑い続けた。

いつの日か国民すべてがこんな風に笑えるときがやってくる。そう信じて二人は笑った。

「さあ、これから忙しくなるわね。まずは大統領に会って物資支援の再交渉からだわ。これは『総理』、あなたに任せるわ」

「そんなときだけ『総理』にしないでよ。私、あの人苦手なのよ。何だか私を見る目がやらしいのよね」

二人は再び大声で笑った。

照らさぬはずの太陽が雲の隙間からかすかな光を放っていた。

第三部

◆

TASK

プロローグ

少しずつではあるが、確実に活気をとり戻しつつあった。放射能も完全に除去され、防護服も吸気マスクも着用せずに外を歩き回れるほどになった。壊れた建造物も国民の日々の努力で再建されてきていた。わずかではあるが太陽の光も射し込むようになり、植物も育ち、農作物も取れるようになった。気候も安定し、国民の信じた未来はいよいよ現実味を帯びてきていた。はるか昔の祖先が第二次大戦後、焼け野原となった日本を再建させたように、自分たちもがんばれば必ず明るい未来が開けると信じていた。これは国民一人一人の努力はもちろんのこと、その上に立つ指導者の努力のたまものだった。

弘光深里と石原まゆみは二人で力を合わせてここまでやってきた。諸外国からの支援をとりつけ、国民の士気を高め、寝る間も惜しんで働いた。そんな彼女たちの姿を見て、国民も立ち上がった。

「まゆみ、東北地方の建造物の再建がほかと比べて遅れてるわ。もう少し人員を割いた方がいいんじゃないかしら?」

弘光深里は総理官邸内のスーパーコンピュータを操作しながら言った。十メートル四方の壁一面に広がる大型ディスプレイには、日本全国の地図が事細かに映し出され、今は東北地方の詳細が映されていた。

「中部地方の詳細を映してくれる？　確かもっとも再建が進んでいるはずだから。ここから人をまわしましょう」

石原まゆみは大型ディスプレイの前に立って言った。

「総理、九州地方の本日の配給が終了したとの連絡が入りました」

官邸職員の男が報告を入れた。まゆみは黙ってうなずいて、再び深里とともにスーパーコンピュータを操作し始めた。

「他のアジアの国々はどうなの？」

まゆみは深里に尋ねた。

「中国以外はすべて承諾してもらったわ。中国だけはどうしても首を縦に振ってくれないのよ。大昔の反日感情が今でも根強く残ってるから……」

「困ったものね。アジア諸国すべてが協力しなければいけないときだっていうのに」

そのとき、まゆみと深里の会話を遮るかのように、一人の官邸職員が大声で叫んだ。

「総理、大変です。関東南部に異常事態メッセージが出ています。至急画面を切り替えてください」

部屋中の空気が一瞬にして凍り付いた。大型ディスプレイのすぐ横に取り付けられた、異常事態を表示する中型ディスプレイがエラー音を発しながら、「WARNING」（警告）の文字を点滅させている。その文字のすぐ下には、「エラー1」と示されていた。その部屋にいる誰もが、その「エラー1」を見て凍り付いたのだった。

「エラー1」とはエラーレベルが五段階まである中で、もっとも高度で、もっとも被害が大きいエラーを表していた。例えば、「エラー3」は地震、津波などの自然災害の予兆を示す。「エラー2」は放射能濃度が人的被害を与えるほどまで高まってしまった場合、そして「エラー1」は過去が正しい歴史の流れをたどっていない場合、つまり何者かが過去を変えている場合であった。

時空管理局の職員は自信をもって言った。

「総理、絶対にあり得ません。誰かが過去に行った形跡はありません」

まゆみは何も答えなかった。

「そんなはずはないわ。現にこうして過去が変えられているという警告が出てるわけだから……」

深里はその職員に突っかかったが、そんなことをしてもどうにもならないことはわかっていた。職員は気にせずに続けた。

「『時空跳飛機』が使用された形跡も全くありません。それに現在は、『時空跳飛機』の管理は一層厳しくなって、総理しか知らないパスワードの入力が必要ですし、総理の指紋と角膜チェックもクリアーしなければ動きません」

確かにその通りだった。そこまで厳しい基準を設けたのはまゆみ自身であったし、今回その基準に準じて「時空跳飛機」を動かしたということもなかった。

「総理、原因がわかりました」

時空管理局のその職員は自分のデスクのコンピュータのキーボードを叩きながら言った。

「信じられないような話なのですが、残留思念の影響のようです」

「残留思念……?」

まゆみは意味がわからずに聞き返した。

「はい、高桑想子の残留思念が憑依を繰り返しています」

その言葉を聞いて深里が口を挟んだ。

「まさか伊藤誠一郎としてまだ残っているというの？　あれだけのことをしでかした伊藤の姿を見つけられないはずないわ」

深里の質問に職員は冷静に答えた。

「他の人物に憑依して残っているものと思われます。つまり、人格だけが一人歩きしているということです。このエラーが表示されている関東南部で……」

まゆみは一連のやりとりを聞いて、特に慌てた様子も見せずに冷静に言った。

「それなら簡単なことだわ。その時代に行って、その人格を消し去ってくればいいだけじゃない」

職員は首を横に振った。

「それは無理です。高桑想子が現在、誰に憑依しているのかがわかりません」

一

「ねえ、ねえ、今度『ディープインパクト』観に行こうよ。すごいおもしろいらしいよ」

関口恵は飲み終えたオレンジジュースをゴミ箱に放り投げて言った。

「いいねえ。私も観たかったんだ。『タイタニック』以来映画観てなかったし、ちょうど観たいと思ってたとこなんだ」

石原まゆみは嬉しそうに言った。

「ちょっとあなたたち、いくら夏休みだからって勉強しなくていいの。アルバイトしてくれるのはとても助かるけど、高三でまだ残ってるのはあなたたちだけよ。ちゃんと受験勉強もしてよね」

大羽麻里子はすかさず口を挟んだが、恵は気にせずに言った。

「麻里子さん、ご忠告ありがとうございます。でも高校生活最後の夏休みだから、いっぱい遊ばないとね。そのためにはお金も必要だからバイトもしっかりしますよ」

麻里子はあきれて何も言えなかった。

「マッコイズ町田青葉店」は今年の夏も忙しかった。昨年のあの事件から一年が経とうとしていた。事件に関わったすべての人にとって、あの事件は決して忘れることはできなかったが、そのことを口にするものは誰もいなかった。マッコイズは平穏な日々を取り戻していた。

たまたま休憩時間が重なったアルバイトの石原まゆみと関口恵、そしてアシスタントマネージャーの大羽麻里子はとりとめのない会話をしているところだった。

「麻里子さんも行きません？　映画行きましょうよ」

「行きたいけどね、毎日忙しくて……。休みの日は外に出る気がしないのよね」

恵の誘いに麻里子は残念そうに答えた。

「そんなオヤジみたいなこと言わないでくださいよ」

「恵、無理矢理誘ったら悪いわよ。麻里子さんはプライベートも忙しいのよ」

まゆみは顔をにやつかせて言った。

「そういえば麻里子さん、東さんと噂になってましたよね？　あれって本当のところはどうなんですか？」

恵は興味深そうに聞いた。東吉次は昨年の秋まで「マッコイズ町田青葉店」に勤務していたアシスタントマネージャーで、一時期大羽麻里子と噂になっていた。

「東さんとは何もないわよ。それにあの人、今は静岡の店舗に異動になったのよ。全く連絡も取ってないわ」

「なんだ、つまらない。それにしてもあの頃は楽しかったなぁ。東さんはあのやる気のなさが好きだったし、池澤店長はおもしろい人だったし……」

恵はそこまで言うと、しまった、とばかりにばつの悪そうな顔をした。「池澤」という名を聞いた瞬間にスタッフルームの空気が一瞬にして冷たくなった。

当時店長だった池澤洋平は昨年の事件に巻き込まれ、最終的にはその責任をとるかたちで退職していた。つまりこの場所で「池澤」という名は、あの事件に直結するキーワードになってしまうのだった。

「私は池澤店長とは一緒に仕事してないからわからないけど、どちらにしろ今の店長は好きじゃない。いちいち口うるさいし、それにあのケチっぷりは何とかならないのかなぁ」

まゆみは話を変えるために現在の店長の話を始めた。「マッコイズ町田青葉店」の現在の店長、赤田誠《あかだまこと》はとにかく合理主義で経営をする店長だった。アルバイト教育も厳しかったが、それ以上に利益を出すことに異常なまでに固執するタイプだった。

「そうそう、私なんかこの前、ドリンクを作ってるときにカップを落としちゃったら、洗って使えって怒られちゃった」

恵はむっとして言った。

「まあまあ、赤田店長だってお店を良くしようと思ってやってるんだから」

麻里子は赤田の援護にまわったが、今度はまゆみが続けた。

「バイトの子に口うるさく言うのも、利益を出すために節約するのも店長としてはしょうがないことだと思うけど、でも、この子を目の敵にするのは許せない。記憶喪失で苦しんでる子にあの態度はないでしょう」

そう言いながらまゆみが見つめる先には肩を丸めて黙って座っている少女の姿があった。少女は何をするわけでもなく、ただじっと、下を向いて座っていた。

「彼女自身も、それに周りの私たちだって、記憶を取り戻させるためにがんばってるんだから」

恵のその発言を聞いて麻里子が言った。

「確かにそうね。店長のあの態度は厳しすぎるわね。いくらお医者様から特別扱いするなって言われてるからって、あれはひどすぎるわね。わかったわ、その件は私から店長に言っておくわ。さあ、そろそろ休憩も終わりよ。お店に戻りましょう」

大羽麻里子、石原まゆみ、関口恵の三人は席を立ち、店舗へと戻って行った。それに続いて、高桑想子はゆっくりと立ち上がり、歩き始めた。

二

高桑想子が目を覚ましたのは病院のベッドの上だった。四、五人の顔がぼんやりと目に映った。一人の女性は涙を流しながら、何かを叫んでいた。手を叩いて喜んでいる者もいた。名前を呼ばれている気がしたが、まだ意識がはっきりしないせいか、良く聞き取れなかった。少しすると、白衣を着た医者らしき人が想子の瞼を強制的に開かせ、ライトのようなものを当てた。看護婦は想子の腕に布のような肌触りのものを巻き付け、脈拍を計測していた。医者が周りの人々に何かを告げると、皆は笑顔で喜んでいた。しかし想子にとっては不思議なだけだった。周りで大騒ぎしている人物は誰も知らなかった。

数日後、想子は車椅子で病院の庭を散歩していた。春の生暖かい風が桜の花びらを運んできていた。すがすがしい陽気のなかで、想子は母親だと名乗る人物からすべてを聞かされた。二週間ほど前、想子は下校途中で交通事故に遭ったのだという。そして十日間、意識を失ったまま生死の境を彷徨っていたらしい。そして最後にもっとも衝撃的なことを告げられた。自分が記憶喪失になっているということを。確かにわからなかった。自分が誰なのか、介護をしてくれている母親のことも、代わる代わる見舞いに来てくれる友人たちも。

更に数日が過ぎ、想子に退院許可が下りた。医者からは、肉体的な外傷は完治したと告げられた。あとはゆっくりと時間をかけて記憶を取り戻すだけだと。今まで通りの生活をしていれば、いつか必ず記憶が戻ると太鼓判を押された。だから想子は退院後すぐに学校に復学し、アルバイトも再び始めた。しかしながら、精神的ショックからか、口数が極端に減ってしまった想子に接客は難しいとの判断から、特例として男子アルバイトが主に行っている製造の仕事をさせてもらうことにした。

それから数ヶ月が経ち、想子も平穏な生活を取り戻しつつあった。幸いマッコイズの仲間たちは皆、想子に優しく接してくれた。記憶が戻る前兆こそなかったが、ここにいれば何もかもがうまくいく気がした。

三

赤田誠はポケットから鍵を取り出して自宅のマンションのドアを開けた。店舗から徒歩八分のところにあるワンルームマンションだった。部屋には必要最少限の家具しか置いておらず、生活感のない殺風景な部屋だった。

赤田は無造作に置かれたパイプ椅子に腰掛け、テレビのリモコンのスイッチを押した。スポーツニュースが始まり、サッカー日本代表がフランスに到着したことを告げていた。最近のスポーツニュースはサッカーワールドカップフランス大会の話題でもちきりだった。

予選リーグ三連敗で終わっちまうのに。何も知らないっていうのは幸せだな。

赤田は冷蔵庫から缶ビールを出して一口飲むと、テレビを消し、そのすぐ隣に置いてある金庫の前にしゃがみ込んだ。ダイヤルロックをはずし、金庫の扉を開け、中からパソコンを取り出した。そのパソコンは一センチほどの薄さで、折り畳み式のノート型だった。大きさもB5サイズよりやや小さいタイプで、そのままではキーボード入力が多少不便ではないかと思えるほどだった。しかし赤田がノートを開くようにパソコンを開けると、その瞬間、キーボードが盛り上がるように一回り大きくなり、同時に画面も上下左右に広がった。電源スイッチを入れると、わずか一秒後に「WINDOWS 2030」の文字が表れ、更にその一秒後には初期画面が表示され、使用できる状態になっていた。

赤田誠、時空管理局保安課課長は報告書を作成した。これまでに得たデータから事細かに状況を説明する文章を作っていた。すると急にパソコンの画面が切り替わり、「ホストメッセージ受信」という文字が表れた。赤田は慌てて髪の毛を手ぐしでなおし、緩めたネクタイを締め直して画面の前で待っていた。画面はいきなり映像に切り替わった。

『ごくろうさま、どうやら間違いなさそうね』

「はい、総理。やっと見つけました」

赤田が話しかけるパソコンの画面には、「総理」こと、未来の石原まゆみが映っていた。

『よく発見してくれたわ。しかしまさかマッコイズに戻ってるとはね。至急除去してちょうだい。それであなたの任務《ミッション》も完了よ』

画面のまゆみは笑顔で言った。しかし対照的に赤田の顔は困惑気味だった。

「総理、実は問題がありまして……。そう簡単にはいかない状況になっております」

『問題？　何？　話してみて』

「はい、それが……」

赤田がそう言いかけたとき、パソコンの電源が落ち、画面が真っ暗になった。パソコンの画面だけではなかった。部屋中の電気が消え、赤田の視界は閉ざされた。

停電か？

赤田はそう思ったが、すぐにその考えが間違っていることに気付いた。

このパソコンは電気を引いて動かしているのではない。バッテリーはまだ充分あるはずだ。

赤田が本来生活する未来の世界では、一度充電すれば半年はもつバッテリーが開発されている。だからパソコンの電源が落ちるはずがなかった。

何でこんなに寒いんだ？

赤田は次に寒さを覚えた。半袖のワイシャツに薄手のスラックスという格好の赤田は確かに薄着ではあったが、日本の夏の気候に対してはそれでも暑いくらいだった。

赤田は本能的に危険を察知した。自分の身に危険が迫っているような気がした。その恐怖心からか、赤田はその場から一歩も動くことができなかった。

玄関のドアが開いたのは気付いていた。しかし、それを確認しに行く勇気はなかった。赤田はもう一度パソコンのスイッチを入れた。真っ暗な部屋の中に、パソコンの画面から発せられる光だけがかすかに輝いていた。パソコンは起動した。

総理に報告しなければ……。

赤田はパソコンの「メール」のマークをクリックし、文章を作り始めた。恐怖と寒さに耐えながら文章を書いた。

あと少しで伝えたいことすべてを文章にできるところだった。そこで赤田のキーボードを叩く手は止まった。というよりも、止めざるを得なかった。その手は抵抗するために使わなければならなかった。息苦しさに耐えながら必死で抵抗した。背後から首を絞められているため、その人物の顔は見えなかった。赤田は力を振り絞り、自分の後頭部を背後の人物の顔面に激突させた。首を絞める手が離され、赤田は振り返った。すると今度は背中に痛みを感じた。背中に手を当ててみると温かい液体に触れる感覚を覚えた。それは暗闇のせいでよりどす黒く見える血だった。

二人いるのか。

赤田は力を失い、床にひれ伏した。意識がなくなる前にどうしても二人の顔を見たかった。この時代に高桑想子の残留思念以外に障害があることが信じられなかった。障害の正体をどうしても見てみたかった。

ぼんやりとだが何とか顔が確認できた。そして赤田は納得した。

そういうことか……。それならこの不自然な暗闇も、寒さも……。許せない……、人間の恐怖心をあおるようなことまで……。

男と女は笑みを浮かべて、ひれ伏す赤田を見下ろしていた。女の手には小さな白いリモコンのようなものが握られていた。それは赤田が本来生活する未来の世界で、テレビや映画の撮影用に使う、一定範囲の天候や気候、陽の強さなどを自由に変えられる機械だった。

男と女は力尽きる赤田を黙って見ていた。甲賀聖司と櫻井香織だった。

四

駒井高太郎《こまいこうたろう》は処理をすべて終え、一息ついていた。赤田誠とは同期であった。その同僚の遺体を未来へ送り、事態を大きくしないためにマッコイズへは「一身上の都合による退職」というかたちで赤田の存在を消した。

駒井は二つの任務でこの時代に来ていた。一つは赤田の任務を引き継ぎ、高桑想子の残留思念を除去すること。そしてもう一つは赤田を殺害した犯人を見つけることだった。

一つ目の任務は大学生のアルバイトとしてマッコイズに潜入し、実行に移すことにしていた。高桑想子に関する詳細は依然としてわからないままであったが、赤田がマッコイズに潜伏しながらそれを突き止めたことから、マッコイズの内部に入り込めば、すべてがわかる気がした。

二つ目の任務に関しては、大体の見当がついていた。長年時空管理局の職員として働き、姿を変えて様々な時代に行ってきた駒井にとっては容易に推測できることだった。未来では何人もの人間が過去に行っているが、その記録は事細かに残される。その中で、二人の人物だけが現在も時空のどこかで行方不明になっている。当然、時空管理法違反で指名手配されていたが、いまだに捕まっていなかった。容疑者は男女の二人組だった。男の方は甲賀聖司と名乗のっていた。女の方は櫻井香織という人物だった。

おまえの仇は必ずとるからな。

駒井は心にそう誓い、マッコイズでのアルバイト初日を迎えようとしていた。


その車がいけなかったのかもしれない。駒井が本来生活する未来の世界には一台も残っていなかった。昔から車マニアだった駒井は、この時代ではかろうじて数台残っているその車を無理言って管理局に手配させた。「ポルシェ356　スピードスター」、数千万円する名車に新人の大学生が乗ってきたという噂は一瞬にして広まった。新人が一人入ってくるだけで、ただでさえ注目されるのがマッコイズである。新人が来る初日には、その日シフトに入っていないのにわざわざ見に来る者までいた。そんなところに、そんなとんでもない車で出勤してきたのだから駒井は噂の的だった。

駒井がスタッフルームのフィッティングコーナーで着替えをしていると、その野次馬たちの会話が耳に入ってきた。

「どうせ親が金持ちなんだろ」

「そりゃそうさ。でなきゃ、あんな車乗れるわけないだろ」

「でも結構かっこいいし、あの車の助手席に乗せてもらいたいな」

「ばか、きっと彼女が何人もいるんだぜ。相当遊んでるタイプだな。おまえなんか相手にしねえよ」

「失礼ね。男のひがみって最低」

駒井は着替えを済ませ、スタッフルームの椅子に腰掛けた。駒井に関する話はぴたっとやみ、一瞬の静寂が訪れた。スタッフルームは静かだった。つけっ放しにされたテレビからは和歌山のカレー毒物混入事件のニュースが報じられていた。

沈黙を破ったのは関口恵だった。

「どうも、初めまして。すごい車ですね。大学生なんですよね？　あっ、私、関口恵です。よろしくお願いします」

「こちらこそ。駒井高太郎です。大学の二年です。あの車は親のお古で……。もうあちこちぼろぼろで、いつ止まるかわからないポンコツですよ」

愛想良く答える駒井を見て、皆が一斉に話し始めた。それぞれが自己紹介を済ませ、なかには「今度、ドライブに連れて行ってください」なんて積極的なことを言う女の子もいた。

駒井は一人ずつをじっくりと観察した。もちろんそれは任務のためだった。

どいつがそうなんだ？

大体一通りの自己紹介が終わったところだった。駒井はもう一度見渡してみたが、それらしい人物は見あたらなかった。

「ほら、あなたも挨拶しなさいよ」

関口恵は部屋の隅の方で静かに本を読んでいた少女を引っ張ってきた。

「痛い……」

少女は蚊の泣くような声で言った。

「この子、今は記憶をなくしちゃっててこんなにおとなしいんだけど、本当はもっと元気な子なんです。仲良くしてあげてください。名前は……」

その瞬間、駒井が椅子をひっくり返しながら、勢い良く立ち上がった。

「君か？　そういうことか。確かに厄介だ」

周りにいたすべての者が状況を把握できなかった。そして次の駒井の発言に誰もが衝撃を与えられた。

「君を捜していた。今度僕とデートしてくれよ」

五

想子は生まれて初めての感覚に襲われていた。今日は朝から駒井とのデートを楽しんでいた。有名な観覧車に乗ることもできたし、「ジョイポリス」で思いっきりはしゃぐこともできた。海沿いをぶらぶらと散歩し、日が暮れてからは帰りがけに「海ほたるパーキングエリア」に寄り道をすることになった。こんなにきれいな夜景を見たのは初めてだった。あの日、いきなり駒井にデートに誘われて、何が何だかわからないうちに本当に行く羽目になっていた。もちろんその陰にはしつこいくらいに行くように説得してきた関口恵の存在があったことは言うまでもない。しかし、今の想子は心から来て良かったと思っていた。

「なあ、君は本当に憶えてないのか?」

駒井は「海ほたるパーキングエリア」内のテラスのベンチに腰掛けて、夜景を見つめたまま聞いた。海に囲まれているせいか、風が肌に当たると何とも言えないべとつき感があった。

「はい、病院のベッドで目を覚ましたときからの記憶しかないんです」

想子は寂しそうに言った。

「自分の名前もわからないのか?」

想子は首を横に振った。

「みんなが私のことを呼ぶから、その名前なのかなって思ってるけど……、本当はそんな名前じゃないような気もするし……」

駒井は迷っていた。想子の残留思念であることは間違いなかった。何らかのショックで想子の思念自体が記憶を失ったのだと推測した。幸い、このテラスには駒井と想子以外に人影はなく、その気になれば海に突き落とすことも可能だった。しかし駒井にそれはできなかった。どうしてもできない理由があった。

「今の時空管理局の人間は随分と甘くなったんだな」

テラスの出入口のドアが開き、男の姿が見えた。続いて女が現れた。甲賀聖司と櫻井香織の姿をした元時空管理局員の指名手配中の二人だった。

「せっかくのチャンスをみすみす棒に振りやがって。そいつを生かしておいたら未来が変わってしまうんだろ?　いいのか?」

甲賀聖司はゆっくりと歩み寄りながら言った。駒井は自然と想子を守るようなかたちで、想子の前に立った。

「あら、優しい方なのね。自分たちの未来を壊そうとしている人を守ろうだなんて」

櫻井香織は甲賀聖司の後をゆっくりと歩いていた。

「おまえたちこそ、総理の命令を無視して勝手なことをやりすぎだぞ」

「ふざけるな。俺たちは俺たちのやり方で未来を変えてやる。あいつのやり方は甘すぎる。まあ、何にしてもおまえが今守ろうとしているやつの存在がすべての鍵を握っている。こちら側についてくれればすぐにでも未来を変えることだってできるんだぜ」

甲賀は駒井との距離が三メートルくらいになったところで立ち止まり、懐から銃を取り出し、駒井の方に向けた。

「駒井さん……」

想子は駒井の背中にくっついたまま震えていた。

「大丈夫、心配するな」

駒井は自分の命を守ることは諦めかけていた。しかし、何としてでも想子だけは守ろうとその手段を模索していた。

「何か言い残すことはあるか？　時空管理局の役職ってことはキャリアのなかでもずば抜けたエリートだろ？　こんなことになるなんてな。あの世で総理を恨むんだな」

甲賀が銃の引き金を引こうとした瞬間だった。闇夜に包まれていたはずの「海ほたるパーキングエリア」が真昼のように明るくなった。上空にはこの時代にはまだ開発されていないはずの上空停止可能な戦闘機が十機ほど控え、一斉にライトを当てていた。テラスには次から次へと時空管理局の制圧部隊がなだれ込んできていた。甲賀聖司と櫻井香織の身柄はあっという間に確保された。駒井と想子はその一部始終を見終えると、緊張感が一気に解き放たれ、全身の力が抜けてその場にしゃがみ込んだ。

「もう大丈夫だ。まさに危機一髪だったな。それでもよく任務の遂行をしてくれた。ご苦労だった」

一人の男が座り込む駒井の目の前に立って言った。

「局長、わざわざ局長が？」

時空管理局局長は駒井の前にしゃがみ込んで小さな声で言った。

「残留思念をよく見つけたな。しかし厄介なことになった。総理からの新たな命令だ。しばらく現状維持のまま静観するようにとのことだ。これでは強攻策に出るわけにはいかないからな」

「駒井さん、一体何が起こったんですか？」

想子は相変わらず駒井の背中から離れようとしなかった。

「指名手配中の犯人が捕まったんだ。ただそれだけだ」

「でも、未来がどうとかって……？」

「そんなことは気にするな。悪いやつが捕まった、ただそれだけだ」

ただそれだけにしてはあまりにも大事過ぎやしないかと想子は思ったが、それ以上は何も聞かなかった。

これだけの大きな出来事が東京湾上で起きたにもかかわらず、翌日の新聞にこの記事が載ることはなかった。

六

日本マッコイズ株式会社ほどの大企業ともなれば、それくらいは容易なことであった。地区ごとに行われるそのコンテストの優勝賞品は「ハワイ旅行」だった。これが更に各部門ごとに優勝者を出すわけだから、最終的にハワイ旅行を手にする者は五十人を越えることになる。これを全額会社負担で行うのである。アルバイトに対してここまでするということは、マッコイズの営業形態が、いかにアルバイトに任せているかということを象徴していた。

コンテストでは各部門ごとに各店の代表選手が腕を競い、たいてい八店舗くらいで一エリアとし、エリア優勝者を選出する。審査員は各店の店長と本社スタッフが行う。

「マッコイズ町田青葉店」からは三部門でノミネートしていた。カウンター部門、オペレーション部門、そしてポテト部門だった。

カウンター部門は誰もが認めるところで、現役アルバイトではナンバーワンの実力を持つ石原まゆみが選出された。オペレーション部門では数々の反対意見が挙がったが、入ってわずか二ヶ月足らずでめきめきと実力をつけた駒井高太郎が選ばれた。そしてポテト部門は通常どの店舗も男子アルバイトを出してくるのだが、町田青葉店からは高桑想子が選出された。その理由は最近急に明るくなった想子を、こうした大舞台に立たせ、少しでも記憶の回復の手助けになればという意図からだった。

想子にとっては意外な選出だった。大羽麻里子からその話を聞いたときはあまりの大役に断ろうかと思ったが、石原まゆみ、関口恵、そして駒井高太郎からの説得により承諾することにした。


いよいよ町田青葉店の順番がやってきた。会場は近隣の成瀬台駅前店だった。審査を終えた他店舗の人たちが入れ替えで店から出てくるところだった。

「お疲れさま。どうでした?」

石原まゆみがその中の一人に気さくに声をかけた。

「超緊張した。まだ相当混んでるから、特にポテトは気を付けた方がいいよ」

そう言うとその女子アルバイトは仲間たちとキャーキャー騒ぎながら控え室の方に向かって行った。町田青葉店の審査開始時刻は午後一時三十分、昼のピークの最中だった。そこから二十分間の審査が行われる。

「相当混んでるみたいね。私と駒井さんはひたすらやるだけだけど、ポテトはうまくコントロールしないとね。切らしたら大変よ」

まゆみはそう言って想子の肩をポンと叩いた。

ポテトというのは簡単そうに見えて、実はもっとも難しい部門だった。セット販売が常識になった最近では、ほとんどの客がポテトを買うわけである。だからピーク時には常にポテトを揚げ続けると同時に、バギングと呼ばれるバッグ詰めを行わなければならない。S、M、Lのスリーサイズに状況判断しながら盛りつけていくのである。更に揚がってから七分経ったポテトは捨てなければならなかった。この七分というのがポテトを担当している者からすれば、非常に短く感じられ、あっという間に経ってしまう。たくさんバギングをしたのはいいけれど、すべて出ないうちに七分経ってしまうというのはありがちだった。この時間のコントロールもポテトの重要な審査基準だった。

「おっ、この店のポテト部門は女の子なのか？　がんばれよ」

審査員の一人が想子に声をかけてきた。「はい」と元気に返事をして、想子はポテトのポジションについた。前にポテトをしていた人が随分雑にやっていたようで、辺りの汚れが気になった。想子はすかさず布巾で辺りをふきあげ、きれいにした状態でポテトのバギングに入った。始まってみると意外にも気楽にできた。先ほどまでの緊張もどこかに吹き飛び、楽しく仕事ができた。カウンター部門で出場しているまゆみの声が聞こえた。満面の笑顔で元気よく接客していた。まゆみらしさが出ていてすばらしいと想子は思った。厨房からは駒井の声が時折聞こえてきた。駒井も経験の少なさを感じさせないほどのがんばりを見せていた。

想子は嬉しかった。名前さえ思い出せない自分に、皆がこんなにも優しくしてくれて。だから余計に思い出したかった。自分は一体どんな人物なのか、どんな生活をしていたのか。今までに何度も考えたが、その答えは見つからなかった。考えすぎて頭が痛くなることもあった。医者は時間が経てばいつか思い出すと言っていたが、それはいつなのか、明日なのか、一年後なのか、それとも……。

「がんばったね。審査終了だよ。控え室で待っていてくれ」

審査員が笑顔で話しかけてきた。あっという間だった。しかしやるべきことはすべてやったつもりだった。想子は満足感でいっぱいだった。

七

「というわけで、残す部門も最後の一つ、ポテト部門のみとなりました」

審査委員長を務める本社スタッフが言った。全店の審査が終了し、午後五時を過ぎようとしていた。一同は会場店舗近くの中華レストランに移動し、審査発表を兼ねたパーティーに出席していた。カウンター部門、オペレーション部門では残念ながら石原まゆみ、駒井高太郎の優勝は実現しなかった。だからこそ、ポテト部門での想子には大きな期待がかけられていた。

「きっとあなたが優勝よ」

「君なら大丈夫だ」

まゆみと駒井が交互に声をかけた。想子は優勝を期待していなかったわけではないが、それよりもっとすばらしいものを得られた満足感でいっぱいだった。今こうしてまゆみや駒井と、そして店舗で三人の帰りを待ってくれている仲間たちと、これからもずっと一緒にいられたら、それだけで充分だった。そして記憶なんて戻らなくてもいいとさえ思い始めていた。

「私、本当はちょっと自信あったんだ。駒井さんもそうでしょ?」

まゆみは残念そうに言った。

「俺はまだ経験も浅いし、機会があればまた来年がんばるよ」

そう言って駒井は目の前の卓上に置かれたビールに口をつけた。

「では、発表します。何を隠そう、今回の審査でもっとももめたのがこれから発表するポテト部門です。近年まれに見ぬハイレベルな争いの上、どなたもとても意識が高く、常に高いレベルでのポテトコントロールを行っていました。その中でも特に審査員の目を引いたのは、ポジションを常にきれいにするという『キープクリーン』の精神を非常に大切にした方が一人いらっしゃいました。それでは発表します。今年度のポテト部門優勝者は……」

想子、まゆみ、駒井の三人は息を殺して審査委員長を注目した。

「町田青葉店代表の……」

「やったあ、おめでとう」

審査委員長がまだ名前を発表しないうちにまゆみが想子に飛びついた。駒井も一緒になって飛び上がった。他店舗の人たちも想子の周りに集まって拍手を送っている。

審査委員長は苦笑しながら想子の首にメダルをかけた。

まゆみが再び想子に抱きついた。

想子にとってもっとも幸せな瞬間だった。

八

年末になると人々はその一年を振り返るものである。街へくり出せば、その年にヒットした曲をあちらこちらで聞くことができる。宇多田ヒカルの「オートマチック」や「ファーストラブ」は聞き飽きるほどに耳に入ってくる。彗星のごとく現れた歌姫がこの年の音楽シーンのほとんどを占拠していた。一時期爆発的にヒットした「だんご三兄弟」も彼女の勢いにはかなわなかった。

マッコイズ町田青葉店も年末の忙繁期を迎えながら、この一年を振り返っていた。現在の店長の松本《まつもと》琢磨《たくま》が習字の有段者で、その達筆ぶりを自慢したいがために、「マッコイズ町田青葉店　十大ニュース」と命名し、大きな横長の和紙に独断で、十大ニュースを書き込み、スタッフルームに発表されていた。

第十位には、パートの主婦の一人に子供が産まれるといった私的な事柄が選ばれていた。第五位には、店舗の駐車場が改装、増設され、以前と比べて十五台も多く車が置けるようになったことが選ばれていた。

想子は平凡な毎日を送っていた。相変わらず記憶は戻っていなかったが、もうそのことは気にもしなくなっていた。まゆみと恵は受験勉強のために、ちょうどあの夏に行われたコンテストを最後に退職していた。想子は附属校であったため、すでに大学への推薦権を獲得していた。想子と駒井は今や、町田青葉店のリーダー的存在だった。新人アルバイトの教育にあたったり、ときには社員と同じような仕事を任されることもあった。二人の仲はというと、残念ながら特別な進展はなかったが、想子は駒井のことをもっとも信頼していたし、何でも打ち明けられる関係だった。二人で食事に行ったり、遊園地や映画に出かけることもあった。想子はこんな平凡な毎日がずっと続けばいいと願い、記憶なんて戻らなくても良いと思っていた。

「あっ、店長、おはようございます。もう少しで今年も終わりですね」

想子はスタッフルームに入ると、店長の松本が壁に貼り付けた「十大ニュース」に見とれていた。

「ああ、おはよう。どうだ？　この作品。僕が独断で決めて書いたんだけど、もちろん君のことも書いてあるぞ」

想子は「十大ニュース」の第十位から順を追って眺めていった。どちらかというとどうでもよいことが多かったが、第三位のところで初めて目を留めた。

『第三位、ドライブスルーに馬に乗ってお客様がやってくる』

あのときは驚いた。オーダーテイカーというドライブスルーの注文を受ける係を、そのときは石原まゆみがやっていた。ドライブスルーレーンを映し出すディスプレイを凝視したまま、まゆみは言葉を発することもできずに固まっていた。キャッシャーと呼ばれるドライブスルーの会計をするポジションについていた想子はすかさずまゆみに話しかけ、注文を取るように言った。まゆみは我に返り、震える声で注文を取り始めた。注文を取り終えると、最後に決まって、「お車を前にどうぞ」という台詞を言うのだが、そのときばかりは「お馬を前にどうぞ」と言った。店内のスタッフ全員が仕事中でありながら大声で笑っていたのを覚えている。

いろんなことがあったなあ。

想子は思い出にふけっていた。毎日が楽しかった。

想子はゆっくりと目線を変えた。想子の目には「第一位」が映っていた。自分のことだった。コンテストで優勝したことが第一位に選ばれていた。

想子の頬に小さな水滴が滴っていた。

『第一位、エリアコンテスト、ポテト部門優勝、弘光深里』

エピローグ

駒井高太郎、時空管理局強制執行課課長は「総理」にすべてを報告した。

「つまりこういうことね。弘光深里は高三の春に交通事故で死亡する。そのとき偶然近くにいた高桑想子の残留思念がその肉体に憑依した。しかし深里の精神の強い抵抗にあい、完全に支配することはできなかった。記憶をなくした状態での憑依になったというわけね。で、その後は想子の残留思念は記憶を取り戻したの？」

課長は首を横に振った。

「わかったわ。では、現在の弘光深里の人格は高桑想子の残留思念ということになるわけね」

「それは違います。現在の弘光様は過去に交通事故になど遭っていません。よって高桑想子が憑依することはあり得ません」

「どういうこと？」

「歴史に新しいルートができてしまったのです。私ども時空管理局は総理の指示により、高桑想子の残留思念の除去のため、過去に向かいました。今は亡き赤田誠をマッコイズの店長として侵入させる前に、より迅速かつ確実に事を済ませるために、想子が一番最初に憑依したとき、伊藤誠一郎にとりつくのを防ごうとその時代に向かいました。もちろん、憑依の瞬間は見えませんので、その前、つまり想子の自殺をくい止めようと思いました。しかし私たちの存在に気付いた想子は、私たちの一瞬の隙をついて逃げ出し、崖から飛び降りてしまったのです。そうです、首吊り自殺ではなく、飛び降り自殺を図ったのです。そこから新しい歴史が始まってしまいました」

「わからないわ。もう少しわかりやすく説明なさい」

まゆみは苛立ちを露わにした。

「では総理にお伺いします。総理は高校三年の夏にただいま報告したようなマッコイズでのエリアコンテストにカウンター部門で出場しましたか？」

「いえ、してないわ。あのときは確か、カウンター部門では深里が出て、オペレーション部門とポテト部門では高校一年生の男の子が出たはずよ」

課長はそれを聞いて確信したかのようにうなずいた。

「そういうことです。過去は確実に変わっています。ですから、私が調査してきた、高桑想子が憑依する弘光深里がいる過去は、この先、年月を経ても、今我々が生活するこの未来にはならないということです。どんな未来になるのかは想像がつきません。核戦争など起こらないかもしれませんし、逆にもっとひどい何かが起こるかもしれません」

「わかったわ。さがりなさい」

課長はその小さな薄暗い部屋から出ていった。まゆみはすぐに側近を呼び、こう告げた。

「今の男の記憶を消しなさい」


まゆみは大型ディスプレイのある司令室に戻った。

「どこへ行ってたの？　例の『エラー1』はどうするの？　ずっと出っ放しよ」

深里はまゆみに尋ねた。

「そのエラーなら放っておいて大丈夫よ。未来に悪影響を及ぼすものでないことが判明したの。それにそのエラーは消さない方がいいと思うの」

「何か根拠でもあるの？」

「そんなものはないけど、私の勘、いや、希望かな」

まゆみは真剣な顔で言った。

「よくわからないけど、あなたがそう言うのならいいわ」


想子は1／2死んでいる。

〔完〕

著者プロフィール

田中　宏昌（たなか ひろまさ）
昭和49年11月28日生まれ
東京都出身
法政大学法学部卒業
本作品がデビュー作。現在２作目の作品を執筆中

想子は１／２死んでいる

2002年2月15日　初版第１刷発行
2002年9月10日　初版第２刷発行

著　者　田中 宏昌
発行者　瓜谷 綱延
発行所　株式会社文芸社
〒160-0022 東京都新宿区新宿1－10－1
電話03-5369-3060（編集）
03-5369-2299（販売）
振替00190-8-728265

印刷所　株式会社平河工業社

ISBN4-8355-3214-7 C0093